सीट नम्बर छह

ममता कालिया

लोकभारती प्रकाशन

लोकभारती प्रकाशन
पहली मंजिल, दरबारी बिल्डिंग, महात्मा गांधी मार्ग,
प्रयागराज–211 001
शाखाएँ : 1–बी, नेताजी सुभाष मार्ग, दरियागंज,
नई दिल्ली–110 002
अशोक राजपथ, साइंस कॉलेज के सामने,
पटना–800 006
1, अनमोल सोराबजी संतुक लेन, धोबी तलाव,
मरीन लाइंस, मुम्बई–400 002
वेबसाइट : www.lokbhartiprakashan.com
ई–मेल : info@lokbhartiprakashan.com

पहला संस्करण : 2013
दूसरा संस्करण : 2024

बी.के. ऑफसेट
नवीन शाहदरा, दिल्ली–110 032 द्वारा मुद्रित

SEAT NUMBER CHHEH
by Mamta Kalia

ISBN : 978-81-8031-796-5

मूल्य : ₹495

अनुक्रम

सीट नम्बर छह

(कहानी-संग्रह)

सीट नम्बर छह

भगवती ने कहा, "मैं बहुत जल्दी पहुँच गया था, लाइन में सबसे पहले। आपके लिए छाँटकर लेडीज़ में लोअर बर्थ रिज़र्व करवायी है।"

मुझे ख़ास ख़ुशी नहीं हुई। लोअर बर्थ का मतलब होता है, रात भर अपने पर्स की चिन्ता में एक करवट सोओ और हर आने-जानेवाले की आहट सुनो; ऊपर से लगातार साड़ी के पल्ले का ध्यान रखो और कम्बल ज़मीन तक न लटक जाये इसलिए बार-बार चौंको। मैं इस रूट पर इतनी बार सफ़र कर चुकी हूँ कि लेडीज़ और जेण्ट्सवाली बात सुविधा-असुविधा बनती ही नहीं। छुट्टियों में जब घर जाती हूँ तो क़रीब-क़रीब सारा समय कॉपियाँ जाँचने में जाता है और जब घर से आती हूँ, तो पढ़ने में। फिर भी मैंने कहा, "चलो ठीक है।"

अकेले रहते-रहते, मैं तो यह भी भूल चली थी कि मैं लड़की हूँ या लड़का। वैसे सच कहूँ तो उम्र के लिहाज़ से अब मुझे अपने-आपको लड़की कहना बन्द कर देना चाहिए पर शादी न होने का यही तो एक फ़ायदा है, औरत लड़की ही बनी रहती है, बशर्ते वह हर इतवार अपने पकते बालों के प्रति सावधानी बरते। गला चलाते, डिक्शनरी देखते, कॉपियाँ जाँचते मुझे एलर्जी, साइनसाइटिस, टॉन्सिलाइटिस, मायोपिया, अपैण्डिसाइटिस वगैरह-वगैरह न जाने क्या-क्या हो चुका था। सिर में ख़ुश्की भी बहुत रहती है। पर सब चलता है। कॉलेज में ग्यारह सौ लड़कियाँ 'मिस' 'मिस' करती हैं, बहुत है।

जब मैं गाड़ी में पहुँची, लेडीज़ केबिन में पहले से ही दो सवारियाँ थीं। मैं चेहरे पर परहेज़ दिखाती, अपनी सीट पर बैठ गयी। अनुभव से मैंने पाया था कि महिलाओं के साथ यात्रा जंजाल होती है जिसके अन्तर्गत वे आपसे साबुन, आईना और कंघा माँगने के अलावा सीट भी रद्दोबदल करना चाहती हैं। इसीलिए मैं सबसे पहले डिब्बे के कण्डक्टर से दोस्ती कर लेती हूँ। हर स्टेशन पर उतरने के पहले वह बताता चलता है कि गाड़ी कितनी देर यहाँ ठहरेगी।

उन दोनों में से एक औरत थर्मस से गर्म पानी निकालकर बच्चे के लिए दूध बना रही थी और दूसरी औरत आदर्श सहयात्री की तरह उस बीच उसका बच्चा सँभाल रही थी। उन लोगों ने मुझसे पूछा, "कोथाय जाबे?" मुझे तसल्ली हुई। अब मैं आराम से कह सकती थी मुझे बंगाली नहीं आती जबकि छोटे-छोटे वाक्य मैं आसानी से समझ लेती थी। मैंने ऐसा ही कहा। पर उन्होंने टूटी-सी हिन्दी बोलनी शुरू कर दी। बच्चेवाली महिला बच्चे को एक चम्मच दूध पिलाती फिर अपनी छाती उसके मुँह में दे देती। मुझे दूध पिलाने का यह तरीक़ा काफ़ी मौलिक और उलझनवाला लगा। वे लोग वही कुछ पूछना चाहती थीं जो हर यात्रा में डिब्बे में घुसते ही हर यात्री दूसरे यात्री के बारे में जानना चाहता है। मैंने अख़बार खोल लिया और उनके सवाल नज़रअन्दाज़ कर गयी। वे शायद समझ गयी थीं, इसलिए आपस में मशगूल हो गयीं।

अब सारे रास्ते कच्चे पेशाब की बू सूँघो और चेहरे पर शिकन न लाओ, मैंने सोचा। बच्चों को लेकर औरतें किस क़दर तुनकू होती हैं, यह मैं अपनी बहन में देख चुकी थी। उसका बच्चा अगर रात दस बजे डबल सण्डे की फ़रमाइश करता तो वह तभी क्वालिटी को फ़ोन मिलाने लगती, बग़ैर यह शऊर किये कि उसके गले और छाती का क्या होगा। मेरे मना करने पर वह मुझे ऐसे घूरती कि मुझे अपना अविवाहितपन देर तक कोंचता रहता। अपनी बहन की सभी स्मृतियाँ मेरे पास ऐसी ही हैं—झुरझुराहट ला देनेवाली। एक बार जब मैंने अपनी साड़ियों की शान मारी थी तो उसने कहा था, "नौकरी करते-करते साड़ियाँ भी नहीं हुईं तो इस उम्र में क्या ख़ाक हुआ।" इसलिए इससे पहले कि डिब्बे की ये औरतें मुझे देखकर मुँह बिचकायें, मैंने उनकी उपेक्षा कर दी।

मैंने कम्बल सीट पर बिछा दिया और पाँव फैलाकर बैठ गयी। मैं इस कोशिश में थी कि डाइनिंग कारवाला वेटर दिख जाय तो उससे नाश्ता और गर्म चाय मँगवाऊँ, तभी अखबार का मज़ा आयेगा। पर जल्द ही मैं ऊब गयी और मैंने खिड़की की ओर मुँह कर लिया। ममी-पापा को मैंने जान-बूझकर स्टेशन आने नहीं दिया था। ममी ज़रूर रोतीं और मुझे सार्वजनिक जगहों पर अपना भावुक होना पसन्द नहीं। फिर

मुझे गुस्सा आने लगता है और मैं हरेक को क्लास समझकर डाँट देती हूँ। ममी अच्छी हैं, बहुत अच्छी, पर जैसे-जैसे वे बड़ी होती जा रही हैं मुझे लगता है वे बच्ची होती जा रही हैं। उनके प्रति मैं बड़ी ज़िम्मेदारी महसूस करती हूँ और कभी-कभी आधी रात हॉस्टल में चौंककर जाग जाती हूँ कि वे कहीं इस हफ्ते इरगापायरिन इन्जेक्शन लेना भूल गयीं या कहीं सुबह उठकर स्वेटर पहनना भूल गयीं तब तो तार आने ही वाला होगा। मेरी मूर्ख, प्यारी ममी—जिनकी चिट्ठियों में स्पेलिंग की बेशुमार ग़लतियाँ होती हैं और जिनको पढ़ते समय मैं बड़ी मुश्किल से अपने को लाल पेन्सिल लेने से रोकती हूँ। उन्हें मेरे बचपन के क़िस्से सुनाने का बड़ा चाव है, कि मैं अमरूद को अरमूद कहती थी और साँप का तमाशा देखकर रो पड़ी थी; कि मैं बारह साल तक तेज़ नहीं चल पाती थी इसलिए लोग मुझे मालगाड़ी कहते थे। ये क़िस्से मुझे ऐसे कण्ठस्थ हो चले हैं जैसे किसी और के हों। मुझे इनमें से एक की भी स्मृति नहीं है।

तभी मेरे पैरों पर लद्द से एक गुलगुला बोझ गिरा। मैंने चौंककर अन्दर देखा। एक बेहद मोटी औरत आकर सीट पर फैल गयी थी, बिना मुझे आगाह किये। मुझे ज़ोर की चिढ़ हुई। उसके वे थुलथुल, लोंदे-जैसे कूल्हे, जिनका काला गुलगुलापन मेरे पैरों को उसकी साड़ी में से भी छू गया था—मैं अरुचि से सिहर गयी। मन हुआ उसे पैरों से धकेल दूँ पर मन-ही-मन भगवती को गाली देकर अपने पर क़ाबू पाने की कोशिश करने लगी।

उसने पूछा, "कोथाय जाबे?"

मैंने उसे घूरा, "यह सीट मेरी है।"

बच्चेवाली औरत बीच में बोली, "दिनेर बेलाय एखाने तीन जन बोशबे।"

मैंने उसकी ओर जलती आँखों से देखा। ऐसे जब मैं छात्राओं को देखती हूँ तो वे पूरे पीरियड आँख मिलाने का साहस नहीं कर पातीं। पर वह औरत बच्चे को हँसाने के लिए, उसे उछालने लगी।

गाड़ी चल पड़ी थी। मेरा मन अरुचि से भर गया। एक बार मन हुआ डिब्बा ही बदल लूँ पर ये भीड़ के दिन थे। स्कूल और कॉलेज खुल चुके थे।

तभी एक आदमी लेडीज़ केबिन के दरवाज़े पर खड़ा हो गया। उसने मोटी औरत से कुछ कहा जिसमें से मैं केवल एक शब्द ट्रंक समझी। मोटी औरत ने कुछ नहीं कहा, बस त्यौरियाँ चढ़ा लीं। आदमी ने कुछ देर सोचकर निर्णय ले लिया। वह चला गया और जल्द ही एक बड़ा-सा रंग उड़ा ट्रंक घसीटकर ले आया। उसने उसे केबिन के दरवाज़े में घुसाने की कोशिश की।

मैंने तीखी आवाज़ में कहा, "इसे अन्दर मत लाइये, पैर रखने में तक़लीफ़ होगी।"

वह रुक गया। उसने मेरी ओर अनुनय से देखा, फिर अंग्रेज़ी में कहा कि यह मेरी ख़ास मेहरबानी होगी।

मैं पता नहीं कैसे नरम पड़ गयी। मुझे लगा यह ज़रूर एक सभ्य आदमी होगा। बेचारा! मैंने सोचा और ट्रंक के अन्दर आने पर पैर ऊपर कर लिये। औरत ने मदद की कोई कोशिश नहीं की, शायद उसे अपने सन्तुलन पर शक था। उसके चेहरे से लग रहा था जैसे केबिन में उसका पति नहीं, कुली काम कर रहा है, हालाँकि उसने कम-से-कम पचास ग्राम सिन्दूर माँग में भर रखा था। ये औरतें! मैंने अरुचि से सोचा, सिर्फ़ दो वक़्त रोटियों और बीच की जगह के एवज़ में पति को नौकर बना लेती हैं। उसके पति की शेव में कुछ सफ़ेद खूँटियाँ नज़र आ रही थीं, यह उसके काले रंग से साफ़ पता चल रहा था पर उसका व्यक्तित्व पुख़्ता होने का विश्वास दिलाता था। उसने पत्नी से पूछा, "चा खाबे?"

मोटी औरत ने साड़ी के पल्ले से नाक पोंछी और उसकी आँखों से आँसू निकल पड़े। इतनी जल्द और अचानक उसने कैसे यह इन्तज़ाम कर लिया, मेरी समझ में नहीं आया। समझ में शायद पति के भी नहीं आया पर वे दोनों औरतें जो सामने बैठी थीं फ़ौरन चौकन्नी हो गयीं। उनके मुँह अफ़सोस में चूचू की आवाज़ निकालने को तैयार हो गये। पति ने स्थिति देखकर गुनहगार की तरह सिर झुका लिया और चला गया। उसके जाते ही उन औरतों ने इस औरत से पूछा, "की हौलो?"

पर उसने जवाब नहीं दिया, वह और भी सविस्तार रोने लगी। बंगाली के संक्षिप्त ज्ञान के बावजूद मैं समझ नहीं पायी कि वे दोनों औरतें भारी और धीमी आवाज़ में आपस में क्या कह रही थीं पर अनुमान मैंने भी यही लगाया कि वे किसी के मरने में जा रहे हैं, बहुत सम्भव, मोटी औरत की माँ के। सास के मरने पर मैंने औरतों को इतने खुले दिल से रोते नहीं देखा। मेरी मौसी की सास जब मरी तो उसे इस बात की दिली ख़ुशी हुई कि अब उसके हिस्से पचपन तोला सोना तो ज़रूर ही आयेगा। पर इस औरत का पति उसकी ओर बार-बार मुँह लटकाकर ऐसे देख जाता था जैसे उसकी माँ की मौत का वही ज़िम्मेदार है।

थोड़े ही देर में वह कण्डक्टर को अपने साथ ले आया। उसने इस बार ज़्यादा आत्मविश्वास से पत्नी से कहा, "भालो कौरे बोश।"

कण्डक्टर मेरी ओर मुस्कुराया, "आराम से हैं?"

मैं मुस्करा दी हालाँकि मैं कहना चाहती थी कि मांस से लदी इस रोनी भेड़ को कहीं और बैठा दो। पर मैं अप्रिय नहीं होना चाहती थी। मैं पुरुषों से शायद ही कभी अप्रिय हो पायी थी।

फिर उस मोटी औरत के पति ने कण्डक्टर से कहा, "जल्दी में आ गया, नहीं तो हम बिना रिज़र्वेशन नहीं चलता। मेहरबानी से फेमिली के लिए जागा दे दो, हम तो किधर भी बैठ जायेगा।" कण्डक्टर बोला, "बैठने को माँगेगा तो जगह नहीं मिलेगा, सोने को माँगता है तो मिलेगा। यह थ्री-टायर कोच है।"

आदमी ने फिर दोहराया, "फेमिली के लिए ज़रूर से ज़रूर दे दो कण्डक्टर साहब।"

किसी स्टेशन पर गाड़ी के रुकने पर मैं नीचे उतरी। मैं पानी पीना चाहती थी। पर दूर-दूर तक पानी नज़र नहीं आ रहा था, न ही स्टेशन का नाम। एक चायवाला ज़रूर बालटी में चाय के प्याले डुबोये और केतली पकड़े वहाँ से गुज़रा। मैंने पानी का इरादा छोड़ चाय ले ली और पत्रिकाएँ देखने लगी। तभी कण्डक्टर ने पास आकर कहा, "सिग्नल हो गया है।" मैं चौंककर डिब्बे में चढ़ गयी और दरवाज़े से झुककर सिग्नल पहचानने की कोशिश करने लगी। गाड़ी चल चुकी थी और शाम के अँधेरे में सिग्नल बिलकुल नज़र नहीं आ रहा था। मैंने चाहा मैं चश्मा निकालकर देखूँ पर अब गाड़ी दूर आ चुकी थी, फिर मैं अपना चेहरा यात्रा के आठ घण्टे बाद अचानक बदलना नहीं चाहती थी। मुझे अपनी आँखों से लगाव था।

वेटर शाम का खाना बहुत जल्द ले आया। जब मैं खा रही थी उन दोनों औरतों ने भी अपने पराठे निकाल लिये। बच्चेवाली औरत ने बच्चे के मुँह में अपनी छाती दे दी और खाना खाने लगी। मुझे उस तरफ़ देखकर अचानक एक सवाल याद आ गया जो हम स्कूल में किया करते थे, "अगर एक हौज को दो नल भरें और एक नल खाली करे तो वह कितनी देर में वगैरह-वगैरह हो जायेगा।"

मोटी औरत ने इस बीच कुछ नहीं खाया था। एक स्टेशन पर उसके पति ने चाय लाकर दी जिसे उसने "आमी खाबो न" कहकर वापिस कर दी थी, लिहाज़ा पति को शायद दो प्याले एक साथ पीने पड़ गये थे। पति अब फिर आया और बोला, "खाबार खे नॉव।"

उसने कुछ नहीं कहा, उसकी ओर से पलटकर बैठ गयी। वह बेबस-सा चला गया।

मुझे गुस्सा आया। अपने साथ-साथ पति को भी भूखा मार रही है। और यह बुद्धू पति इतना क्यों बरदाश्त कर रहा है। एक डाँट में सीधा कर दे।

खाना ख़त्म करते ही वे दोनों औरतें सोने की तैयारी करने लगीं। उन्होंने बीच की बर्थ उठाकर आँकड़े फँसाने की कोशिश की पर वे बेवकूफ़ की तरह ग़लत जगह आँकड़ा फँसाती रहीं। जब उनसे किसी भी तरह नहीं हो पाया तो उन्होंने मेरी ओर देखा। मैंने कहा, "कण्डक्टर को बोलो।"

उन पर कोई असर नहीं हुआ। वे फिर जुट गयीं। इस बार उनकी सूझ-बूझ से नहीं बल्कि तुक्के से आँकड़ा सही जगह फँस गया।

उनके बिस्तर लगाते ही मोटी औरत भी विचलित होने लगी। उसने बार-बार मेरी तरफ़ देखा और फिर धीमे से पूछा, "तोमार सीट कोनटे?"

"नीचे की" मैंने कहा।

वह परेशान हो गयी। उसने ऊपर की बर्थ को सिर उठाकर ऐसे देखा जैसे हिमालय की सबसे ऊँची चोटी देख रही हो। फिर वह केबिन के दरवाज़े की ओर बेसब्री और खीझ से देखने लगी।

मैं सोना नहीं चाहती थी पर मेरा मन था कि यह औरत उठ जाय तो पैर फैलाकर आराम से पढ़ूँ।

तभी उसका पति फिर दिखायी पड़ गया। पत्नी ने उससे गुर्राते हुए कुछ कहा। पति ने कहा, "भॉय कोरो ना, सबाई तो ऊपरे घूमोय।"

औरत ने आख़िरी फैसले की तरह कह दिया, "आमि ऊपरे शोबो न" और मुँह पलटकर बैठ गयी। शायद बैठे-बैठे उसके कूल्हे दुख चले थे, वह हर बार हरकत करते ही "आ, ऊ" कर रही थी।

आदम धीरे-धीरे डिब्बे के अन्दर आकर खड़ा हो गया। उसने अंग्रेज़ी में मुझसे कहा, "आप कहाँ तक जा रही हैं?"

"बम्बई।"

वह फिर चुप होकर इधर-उधर की बर्थ देखने लगा। थोड़ी देर में उसने और भी धीमे से पूछा, "आपकी लोअर सीट है?"

"हाँ।"

"आपको तक़लीफ़ होगी पर अगर आप एतराज़ न करें तो मिडिल बर्थ पर जा सकेंगी या ऊपरी पर?"

उसने बताया उसकी पत्नी को डर है कि वह रात में गिर पड़ेगी।

मैं डर गयी। कहीं यह मोटी औरत ऊपर से लद्द से गिर गयी तो इसे तो कुछ नहीं होगा, मेरा मलीदा बन जायेगा। मैं परेशान हो गयी।

औरत है या बोरा। मेरा मुँह बन गया।

आदमी ने पहचान लिया, बोला, "मुझे अफ़सोस है मैं आपको तंग कर रहा हूँ।"

मैंने अहसान जताते हुए कहा, "मैं मिडिल बर्थ पर चली जाती हूँ पर आपको अपनी पत्नी को यात्रा के क़ायदे सिखाने चाहिए।"

वह आदमी ऐसे ख़ुश और हलका हो गया जैसे उसे अभी-अभी बाथरूम में किसी का पर्स मिल गया हो। उसने मुस्कुराते हुए बीवी को ख़ुशख़बरी सुनायी। बीवी ने प्रतिक्रिया में ज़ोर से जमुहाई ली। आदमी ने मुझसे कहा, "आप चिन्ता न करें, मैं आपका बिस्तर लगा दूँगा।"

मैं ट्रंक पर बैठ गयी। मोटी औरत केबिन का दरवाज़ा पकड़े खड़ी थी जैसे हफ्तों की बीमार हो। "बेवकूफ़ औरत" मैंने मन में कहा, "इस तरह कितने दिन यह पति को बाँधकर रख सकती है। दफ़्तर में नयी टाइपिस्ट आते ही यह बिगड़ जायेगा।"

आदमी ने बड़ी जल्दी दोनों बिस्तर लगा दिये। पत्रिकाएँ उठाकर रखते समय वह 'टाइम' उलट-पलट रहा था। मैंने कहा, "तुम पढ़ सकते हो।"

वह ख़ुश हो गया।

मुझे उससे गहरी हमदर्दी हुई। बेचारा, अब क़हीं हँसा है। घर पर तो इसे हँसे हफ़्तों हो जाते होंगे।

मैंने उसकी बीवी की ओर देखने की कोशिश की पर वह लेट चुकी थी और उसने आँखों को बाँह से ढँक लिया। उसके पति ने उसके सिर के नीचे से दो में से एक तकिया निकालना चाहा।

वह गुर्रायी, "आमाके टू टोई चाई।" (मुझे दो चाहिए)

वह सहम गया।

उसने मेरी तरफ़ देखा और पाया वह अजब स्थिति में है। उसने कहा, "यह आज दुःखी है इसलिए ऐसे कर रही है। हम लोग घर गये थे काली पूजा में। मेरी माँ ने हमारा बेटा अपने पास रख लिया। उधर वह एकदम अकेली है। पहले हमारे पास रहती थी पर इन दोनों की एकदम नहीं बनती। उधर पास में स्कूल भी है। हमने सोचा एक-दो साल माँ रख ले तो क्या, पर ये तब से रोती-ही-रोती है। उधर रहने भी नहीं दिया, लड़कर आ गयी।"

मोटी औरत नीचे से गुर्रायी, "तुमि एखोन जाओ, आमि घूमबो।" पति फौरन चला गया।

मुझे औरत पर काफ़ी गुस्सा आया। इतनी बेवकूफ़ वजह पर यह तब से आँसू टपका रही है। और इधर मैं सोच रही थी इसकी माँ मर गयी होगी। "टु हैल" कहकर मैंने अपना ध्यान वीकली में लगाया। उसमें चुम्बन पर एक सचित्र लेख था। मेरी दिलचस्पी बदलते देर नहीं लगी। मैंने सोचा, हॉस्टल जाकर ज़रूर अपनी सहेलियों को दिखाऊँगी। हम सब एक-दूसरे के साथ हर बात बाँट लेते थे। ऐसे ही एक बार एक किताब दिख गयी थी, "मे वी बौरो योर हज़बैण्ड?" हमने फ़ौरन चन्दा करके ख़रीद ली थी। हमने कुछ विवाहित सहेलियों को किताब दिखायी पर उन्होंने ज़ोर से कह दिया, "नो।" शादी के बाद औरतों की सेन्स ऑफ़ ह्यूमर को क्या हो जाता है? अपने पोंगे-से-पोंगे पॉटबैलीड पति को वे ऐसे सँभालकर रखती हैं जैसे वह लॉटरी का लकी नम्बर हो! उन्हें शायद पता नहीं कि हमारा स्तर उनसे ऊँचा है इसलिए तो हमने अब तक किसी रामलाल से शादी नहीं की। बैप्सी कहती है, "भई हमें एक ही बार तो शादी करनी है, अच्छी तरह से—ठोक-बजाकर करेंगे।" फिर हम मुहावरे पर हँस पड़ते हैं। पिछले साल तक मैं कहती थी, "हम तो डॉक्टरेट और डॉक्टर दोनों विदेश से लायेंगे।" पर जब से एक दिन मिसेज़ सावन्त ने कह दिया, "जिसे हिन्दुस्तान के पचपन करोड़ में कुल जमा एक आदमी नहीं मिल रहा, उसे विदेश में क्या आशाएँ दिखती हैं?" मैंने यह कहना छोड़ दिया। मैं मिसेज़ सावन्त से कह सकती थी कि अगर हिन्दुस्तान में शादी का मतलब है उसका जैसा ढीलूराम पति और हम्पटी-डम्पटी बच्चे तब तो मैं ऐसे ही भली पर वह मुझसे सीनियर थी और सीनियर्स को बदतमीज़ होने का हक़ होता है।

सुबह उठकर दाँत साफ़ करने से लेकर कपड़े बदलने और बाल करने में मैंने काफ़ी समय लगा दिया। तैयार होकर सफ़र करने का अपना ही मज़ा है। फिर अब तो दस बजते-बजते तक तैयार हो जाने की ऐसी आदत पड़ गयी है कि उसके बग़ैर मनहूसियत छा जाती है।

बाथरूम से आते समय उत्सुकता हुई कि आगे जाकर देखूँ डिब्बे में और कौन-कौन है पर ऐसा करना अजीब लगा। मेरी केबिन में सभी औरतें वैसी ही बैठी हुई थीं, हूश बनी, कुचली साड़ियाँ, आँखों में कीच और चेहरों पर चिकनाहट लिये।

मैंने जल्दी-जल्दी ममी को खत घसीट डाला कि मैं सकुशल पहुँच गयी हूँ, और पर्स में रख लिया। बोरीबन्दर से बाहर निकलते ही पोस्ट कर दूँगी, मैंने सोचा। फिर मैं अदीब का लेख पढ़ने लगी। इस समय गाड़ी ख़ूबसूरत रास्ते से गुज़र रही थी, यह मुझे अन्दाज़ से मालूम था पर मैंने खिड़की के बाहर नहीं देखा। मैं समय को महँगी चीज़ समझती थी। अख़बार में कांग्रेस की उठापटक के कई दिलचस्प क़िस्से थे जिन्हें

पढ़कर मन करता कि ज़ोर से चिल्लायें 'बकअप इन्दिरा।' वह बिलकुल झाँसी की रानी की तरह लड़ रही थी। उसके होने से आजकल राजनीति में नौटंकी का मज़ा आ रहा था। पहले पन्ने पर उसकी फ़ोटो थी जिसे देखकर हर बार की तरह महसूस हुआ कि दस साल बाद सायरा बानो भी ऐसा लगा करेगी।

स्टेशन-पर-स्टेशन गुज़र रहे थे पर बम्बई मेल ठहर नहीं रही थी। आख़िर पता नहीं किस स्टेशन पर गाड़ी ठहरी कि उसके फौरन बाद लोगों ने सामान समेटना और औरतों ने बच्चों के मुँह गीले तौलियों से रगड़ना शुरू कर दिया। शायद लोग बैठे-बैठे उकता चुके थे, इसलिए ज़रूरत से ज़्यादा ताक़त लगाकर बिस्तर बाँध रहे थे। मैंने कण्डक्टर से पूछा तो उसने बताया, "अगला स्टॉपेज कल्याण है।"

मैंने अनजाने में नाक सिकोड़ी। मेरे दिमाग में कल्याण का मतलब था सिन्धी कॉलोनी और सिन्धी कॉलोनी का मतलब फ़ूले बदन, नायलॉन साड़ियाँ, स्मगलर्स, करख़्त आवाज़ें और झगड़ा। मेरे अन्दर जातिगत बहुत-से पूर्वाग्रह हैं जो मेरे साथ-साथ बढ़ रहे हैं बावजूद इसके कि हर सिनेमा शो के बाद मैं अनगिनत बार राष्ट्र-गान गा चुकी हूँ। पंजाब, सिन्ध, गुजरात, मराठा में से किसी भी जाति को मैं अपने योग्य नहीं मानती। मन-ही-मन मुझे उत्तर प्रदेशीय होने पर बड़ा अभिमान है। मेरा एक पत्र-मित्र मुझे वणिक् पुत्री सम्बोधित करता था तब ज़रूर कुछ संकोच होता था। इधर मुझे अपनी जाति से भी कुछ नाराज़ी हो चली है। वे लोग भी शक्ल और रंग पर बहुत ध्यान देते हैं। जहाँ ममी-पापा रहते हैं वहाँ एक-एक कर गली के सारे गुप्ताओं की शादी हो गयी और मैं बम्बईवाली ही बनी रह गयी।

जब कल्याण भी गुज़र गया तो मोटी औरत का पति केबिन में आया। औरत ने उसके हाथ में अपना छोटा-सा, प्लास्टिक के मोतियों से बुना पर्स पकड़ा दिया और बाथरूम चली गयी।

सामने बैठी दोनों औरतें भी सक्रिय हो चली थीं। उन्होंने फूहड़पन से अपना सामान बिस्तर में ठूँस लिया।

मोटी औरत वापस आकर बिगड़ी, "ऐखोनो बिछाना बाँधोनी कैनो? दादर तो ऐखोने ऐशे जाबे।"

आदमी ने पर्स उसे पकड़ा दिया और जुट गया। उसने बड़े हिसाब से चीज़ें तहकर बिस्तर में डालीं। उसकी बीवी इस बीच उन दोनों औरतों के पास बैठकर बालों के पिन से दाँत कुरेदने लगी।

आदमी ने बिस्तर बाँधकर एक ही झटके में ऊपरवाली बर्थ पर रख दिया।

मोटी औरत उत्तेजित हो गयी, "अरे कोरछो की? बिछाना ओखाने रोहे जाबे।"

उसने कहा, "वह याद से उतार लेगा।"

मोटी औरत खड़ी हो गयी, "ना, बिछाना नामिये राखो।"

आदमी ने हारकर बिस्तर नीचे रख दिया।

फिर वह मुझसे बोला, "क्या मैं आपकी मदद कर सकता हूँ?"

मुझे ख़ास जल्दी नहीं थी और बिस्तर के नाम पर मैं सिर्फ़ कम्बल लेकर चली थी। मैंने कहा, "नहीं, धन्यवाद।"

आदमी बिस्तर के पास ही सिकुड़कर बैठ गया और जेब से पैसे निकालकर गिनने लगा।

मैंने सोचा मैं हैण्डबैग उतारकर एक बार फिर मुँह धो लूँ और अख़बार वगैरह उसमें रख दूँ। इस इरादे से मैं एक पाँव सीट पर और एक उस मोटे ट्रंक पर टिकाकर खड़ी हुई। सुबह जल्दी में मैंने बैग बन्द नहीं किया था और उसमें रखे लिफ़ाफ़े से सन्तरे लुढ़ककर इधर-उधर हो गये थे। मैं उन्हें उठाने के लिए कुछ उचकी कि पाँव फिसल गया। मैं बुरी तरह गिर ही पड़ी होती अगर उस आदमी ने फ़ुर्ती से मुझे सँभाल न लिया होता।

फिर भी बैग के बकिल से कलाई पर कई खरोंचें आ गयीं।

मैं उसे शुक्रिया कहने ही वाली थी कि मोटी औरत ने उसे डाँटा, "पोयशा गुलरे गैलो, देखते पाच्छो की?"

जल्दी में कुछ रेज़गारी नीचे गिर पड़ी थी। उसने अपराधी की तरह रेज़गारी उठा ली। फिर भी वह औरत देर तक सीट के नीचे झाँकती रही।

पैसे सँभालने के बाद उसने मेरी तरफ़ देखा। वह चौंका, "अरे, ख़ून निकल रहा है।"

मैंने रूमाल कलाई पर दाबते हुए कहा, "ज़्यादा नहीं, ठीक हो जायेगा।"

वह आदमी जल्दी से बाहर जाकर अपना रूमाल भिगो लाया। उसने मेरा हाथ पकड़ लिया और कलाई पर रूमाल दबाने लगा। इस बीच कण्डक्टर भी आ गया। पता लगने पर वह और यात्रियों से पूछने गया कि क्या किसी के पास डेटॉल या स्पिरिट है। कुछ देर में वह निराश लौट आया।

उस आदमी ने मेरा हाथ कलाई से थाम लिया और बोला, "आपको और ज़्यादा लग सकती थी।"

मैं चकित हो रही थी। इतना पुख़्ता आदमी इतनी नरमी से हाथ पकड़ सकता है, मैंने नहीं सोचा था। मैं अचानक केबिन में मौज़ूद सबके प्रति सदय और नर्म हो गयी। मैंने उस मोटी औरत की तरफ़ देखकर कहा, "मैं आपकी आभारी हूँ। इनकी वजह से मैं आज बड़ी दुर्घटना से बच गयी।"

औरत शायद मेरी बात नहीं समझी। उसने दूसरी औरतों की तरफ़ मतलब भरी आँखों से देखा और वे सब एकदम चुप हो गयीं।

पर मुझे गुस्सा नहीं आया। मैं बहुत हलका महसूस कर रही थी।

●

फ़र्क़ नहीं

वह मेरे यौवन का शिखर था।

इसका पता मुझे अपनी अन्दरूनी कार्यवाही से उतना नहीं चला था, जितना कि बाहरी रद्दोबदल से। कॉलेज से लौटकर एक दिन मैंने पाया, मेरे कमरे की खिड़की पर नीला पर्दा लटक रहा है। इसके साथ ही हदबन्दी शुरू हो गयी थी। रातोंरात घर में मेरे लिये प्रतिरक्षा-कानून बनाकर जारी कर दिये गये थे।

इससे कई फ़ायदे भी हुए।

अब मुझे सब्ज़ी ख़रीदने जाने की ज़रूरत नहीं थी। दूध के बूथ पर सुबह-सुबह खड़े होने से निजात मिल गयी। गैस और बिजली के लिए फ़ोन करने, डॉक्टर की दुकान पर जाने का संकट भी टल गया।

मेरा अन्दर अब और अन्दर हो गया था।

वैसे इन कामों से मुझे कभी उत्तेजना या ख़ुशी हासिल नहीं हुई। बल्कि मुझे तो अक्सर लगता था जैसे आस-पास के माहौल की किसी ने सुई चुभाकर हवा निकाल दी है।

'प्यारी देवी कन्या महाविद्यालय' में बड़े उत्तेजनाहीन ढंग से हमें बी.ए. के लिए तैयार किया जा रहा था। तैयारी का यह तीसरा साल था।

यह एक ऐसा महाविद्यालय था, जिसमें पिछले तीन सालों में एक भी वारदात होने नहीं पायी थी। न कोई छात्रा भागी या भगायी गयी थी और न ही किसी लेक्चरर का प्रेम-प्रसंग अथवा तलाक हुआ था।

तीन साल पहले यह कॉलेज एक बार अख़बार की सुर्ख़ियों में चमका था, जब यहाँ की एक छात्रा ने अपनी गोपनीय गतिविधियों के बारे में सनसनीखेज बयान दिये थे।

कॉलेज अनायास बहुत ख्यात हो गया था।

इसकी इमारत, इसकी प्राचार्या के फ़ोटो व कार्टून, कुछ वरिष्ठ अधिकारियों के चित्र पत्रिकाओं में प्रकाशित हुए थे।

लेकिन अगले सत्र में यहाँ की छात्रा-संख्या बहुत घट गयी थी; लिहाज़ा प्रबन्धकों ने झटपट कॉलेज की चारदीवारी कई फुट ऊँची करवा दी और प्रिन्सिपल बदल दी। नयी प्रिन्सिपल के सिर के सभी बाल सफ़ेद थे। फिर भी उसके रिटायर होने की कोई उम्मीद नज़र नहीं आती थी। रंगत के आधार पर वह कॉलेज में चलती-फिरती निगेटिव फ़िल्म लगती थी।

मैं यहीं पढ़ रही थी।

मैं यहाँ पढ़ना नहीं चाहती थी।

मैं 'जयहिन्द-कॉलेज' में जाना चाहती थी, जहाँ डी. टी. यू. की बस से ही पहुँचा जा सकता था।

पिता जी को यह बात पसन्द नहीं थी।

प्यारी देवी कॉलेज को वे इसीलिए अच्छा मानते थे क्योंकि वह उनके अनुसार पैदल-पहुँच में था। हालाँकि मुझे हमेशा यही लगा कि इतनी दूर पैदल चलना एक असभ्य मितव्ययिता है। पिता जी ने मुझे घर से एक रूट बताया था, जिसमें कमलानगर की पीछे की गलियों से निकलकर, एक प्राइमरी स्कूल का कम्पाउण्ड क्रॉस कर पन्द्रह मिनट में प्यारी देवी पहुँचा जा सकता था।

मुझे आश्चर्य होता कि पिता जी इतनी आसानी से सुरक्षा और बचत, दोनों का प्रबन्ध कैसे कर लेते हैं। इस इन्तज़ाम से बचने का मेरे पास कोई रास्ता न था। मेरे साथ कोई एस्कॉर्ट नहीं भेजा जाता था, लेकिन मुझे लगता ज़रूर परिवार के पास एक तीसरा-नेत्र है, जो सिर्फ़ इस काम आता है।

इसके अलावा पात्र का भी अभाव था, जिसके लिए चालाकी की जाय।

मैंने देखा था—बारह बजे तक खाना खाकर बाबा यहीं अख़बारवाले के यहाँ आ बैठते और वे तब तक बैठे रहते, जब तक मेरा वापस आने का समय न हो जाता।

फिर वे अख़बार पकड़े-पकड़े मेरे साथ घर आ जाते और बाहर बरामदे में ही अख़बार ओढ़कर यों सो जाते, जैसे उन्हें सिर्फ़ मेरे लौटने का इन्तज़ार था।

घर कुछ ऐसे अर्थों में घर था कि उसमें क़दम रखते मेरा दिल डूबता। मैं बड़ी कोशिश करती कि कुछ तो हो जाय, वारदात ही सही लेकिन कहीं कुछ न होता। जीवन यों ही सोमवार, मंगलवार हुआ जा रहा था।

मेरे आते ही माँ धोती बदलने लगतीं, सत्संग में जाने के लिए और मैं रह जाती, खाली कमरों में ऊल-जलूल चक्कर लगाने के लिए। पड़ोस के रेडियो से आवाज़ आती, "नाच मेरी बुलबुल कि पैसा मिलेगा..." घर में इस वक़्त रेडियो खोलने का सवाल पैदा नहीं होता था। मेरे लिये सोये हुए बाबा की उपस्थिति उतनी ही असुविधाजनक थी, जितनी कि जागे हुए की। रेडियो न चलाकर मैं सोये हुए बाबा को 'अवायड' करती।

पढ़ने के लिए घर में कुछ नहीं था, पुराने अख़बारों और महापुरुषों की जीवनियों के सिवा। पता नहीं घर के शेष लोग अपना समय किस तरह बिताते थे।

शहर की हलचल का पता मुझे अख़बार से ही लगता था। उसी से ख़बर लगती कि सभी जगह हिन्दी-दिवस धूमधाम से मनाया गया, या सब्ज़ी मण्डी में एक औरत के गले से चेन छिनी।

बड़ी-बड़ी ख़बरों में दिलचस्पी लेने की मैं कोशिश करती, लेकिन पाती वे किन्हीं बदलावों की भूमिका होतीं। उन्हें समझने के लिए उससे पहले के समाचार पढ़ना ज़रूरी होता और पहले के समाचारों को समझने के लिए उससे भी पहले के। लिहाज़ा मेरा अख़बार-अध्ययन सिर्फ़ पृष्ठ तीन और चार तक ही सीमित था। पाठ्य-पुस्तकों के बारे में सोचकर मैं विरक्ति से भर जाती। 'काव्य-सौरभ' पर नज़र पड़ते ही मुझे मिसेज़ चण्डोक की ख़ुश्क शक्ल याद आ जाती। जायसी का मार्मिक-से-मार्मिक दोहा पढ़ते समय भी उनकी आवाज़ में कोई परिवर्तन न होता। अपनी लद्धड़ काया कुर्सी में पसार, वह सपाट, बेजान और भौंड़े उच्चारण में कहतीं—

'पिऊ सौं कहो सन्देसरा, है भौंरा हे काग
सौ धनी बिरहे जरि मुई, तेही के धुवाँ हम्म लागि।'

इससे कहीं अधिक शुद्धता 'काव्य-सौरभ गाइड' में उपलब्ध थी। इसी तरह वह हमारी इन्द्रियों पर जुर्म करतीं और नज़र उठाकर सबको सम्बोधित करतीं, "इसके अलंकार बताओ? माया इसमें कौन-सा रस पैदा हुआ है?" एक बार सुलक्षणा ने बैठे-बैठे ही कह दिया था, "गन्ने का रस!" मिसेज़ चण्डोक ने वह सारी क्लास आचरण-सम्बन्धी नियमों के स्थापन में बिता दी।

ऐसे चार-छह प्रसंगों के बाद हम इस नतीजे पर पहुँचे कि मिसेज़ चण्डोक को क्लास में टोका न जाये। आचरण सम्बन्धी वार्त्ता उबाऊ होती जा रही थी। फिर कोर्स खत्म न होने पर उनके एक्स्ट्रा पीरियड में जान जकड़ी जा सकती थी। अब वह अलंकार बताती रहतीं और हम नींद रोकने के लिए करौंदे चाटते।

मिसेज़ ओझा भारत का इतिहास तो पढ़ाती ही थीं, अपना इतिहास भी पढ़ाती चलती थीं। उनकी हाईस्कूल से लेकर एम. ए. तक की अंकतालिका हमें अब कण्ठस्थ हो चली थी।

इस लिहाज़ से प्रिन्सिपल फिर भी गनीमत थीं। उन्हें हाल ही में दिल का दौरा पड़ चुका था। वह लगातार दूसरे दौरे की आशंका से पीड़ित रहतीं। किसी तरह वह आकर बैठ जातीं और बड़ी निष्प्राण आवाज़ में किसी एक लड़की की तरफ़ इशारा करतीं, "हाँ, बारहवाँ चैप्टर पढ़ो। तुम सब पॉयण्ट्स बनाती जाओ। पॉयण्ट्स बनाना बहुत ज़रूरी है।"

यानी मैं चारों तरफ़ बूढ़ों से घिरी हुई थी। अपने भूतकाल की बातें करते हुए ये वृद्ध मेरा जीवन जानलेवा बनाये जा रहे थे। उन्हें इसकी कोई चेतना नहीं थी कि मैं क्या चाहती हूँ, मेरे अन्दर-बाहर क्या घटित हो रहा है और मेरी आँखों में कौन-से सवाल अटक गये हैं। उन्हें अपनी पड़ी थी, मुझे अपनी!

माँ सत्संग से लौटकर अपेक्षा रखतीं कि मैं शाम का खाना बनाऊँगी। मेरी शाम बिताने का अपनी ओर से, उनका यह एक बेजोड़ फार्मूला था। ऐसे निष्कर्ष सत्संग में ही निकाले जाते थे। इसीलिए मेरे लिये गर्मियों की छुट्टियाँ और मारकीन का थान साथ-साथ आते थे। छुट्टी के अगले ही रोज़ घर भर की रजाई-गद्दों के कवर, तकियों के ग़िलाफ़, माँ के पेटीकोट, रसोई के झाड़न, पड़ोसियों के गलेप सब मेरे ऊपर मशीन समेत डाल दिये जाते। कोरी मारकीन की बू हफ़्तों के लिए मेरी नाक में बस जाती। इसी के समानान्तर पिता जी स्वामी विवेकानन्द की जीवनी पकड़ा देते। शाम को वह उसमें से बाक़ायदा प्रश्न पूछते, जिनका वह बाक़ायदा उत्तर चाहते। पिता जी के दफ़्तर से लौटने के समय मैं दम साधकर, आँखें बन्द कर लेट जाती जैसा कि बताया जाता है कि भालू के आने पर मनुष्य को लेट जाना चाहिए।

कमलानगर में मेरी चार सहेलियाँ रहती थीं—तेजिन्दर, कनक, बिमला और बुलबुल।

तेजिन्दर का घर हमारे घर से अगली सड़क पर था। उसके पिता इस इलाक़े के सबसे व्यस्त केमिस्ट थे। उसके घर में दो फ्रिज़ थे, एक नीचे दुकान में, एक ऊपर ड्राइंग-रूम में। उसके यहाँ टेलीविज़न था। उसके यहाँ दरवाज़ों पर पर्दे लगे थे। उसकी माँ टेरीन की साड़ी पहनती थी। उसके यहाँ कार और स्कूटर दोनों थे।

वह मेरी सबसे सम्पन्न सहेली थी।

क़ायदे से मुझे उस पर नाज़ होना चाहिए था लेकिन पढ़ने में वह एकदम ढब्बुस थी। इसलिए मैं यह कहते कतराती थी कि वह मेरी सहेली है।

फिर भी मैं उससे अक्सर मिलती थी। उसके घर जाने के लिए मैं ख़ासतौर पर कलफ़ लगी धोती पहनती थी। हम सब लड़कियों के पास घर से निकलने का अचूक बहाना था—पढ़ाई। दो किताबें, एक कापी बग़ल में दबाकर मैं धड़ल्ले से तेजिन्दर के घर आ जाती। उसके घर का बड़ापन एक ताज़गी देता। जो चाय तेजिन्दर पिलाती, वह अपने घर की चाय से एकदम भिन्न लगती, बेहतर। टी.वी. देखने की इच्छा होती, लेकिन उसके घर टी.वी. पर कुछ इस अन्दाज़ में ग़िलाफ़ चढ़ा रहता कि खोलने की हिम्मत न पड़ती। उसके यहाँ सभी चीज़ें ढकी रहतीं। रेडियो, टेबिल, किताबें, अलमारी का शीशा। बल्कि कमरे में दाख़िल होते ही एक पल के लिए यह भ्रम होता था कि अस्पताल अथवा क़ब्रिस्तान में आ गये हैं। लेकिन तेजिन्दर की माँ की तीखी आवाज़ ऐसे भ्रम को टिकने न देती।

तेजिन्दर के साथ पढ़ने का सवाल ही नहीं उठता था। सीधी-से-सीधी बात उसके कूड़मगज में नहीं बैठती। उसकी माँ मुझसे कहती, "इसको भी पढ़ाया करो। यह रह न जाये पीछे।"

मैं बिना मेहनत किये सेकण्ड-डिवीज़न पास हो जाती, इसलिए वह मेरी मेधा से चमत्कृत थी। वह हायर सेकेण्ड्री में चार कृपांक लेकर पास हुई थी। अधिकांश छात्राओं की तरह उसने भी हिन्दी विषय यह सोचकर ले लिया था कि हिन्दी का क्या है, यह तो सबको आती है। अब वह परेशान होती, "सीधी-सीधी रतनसेन और पद्मिनी की प्रेम-कहानी है, पता नहीं कौन-सा सूफ़ीवाद रखा है इसमें!"

जायसी जितना मुझे समझ आता था, उसे मैं एक बार बता चुकी थी, नोट्स भी दिये थे, वह फिर भी कोरी थी।

थोड़ी देर मैं उसे सिखाने का प्रयत्न करती, फिर मुस्कुराकर कहती, "छोड़ यह सूफ़ी-फूफी। तू सुना तेरी प्रेम-कहानी का क्या हाल है?"

उसकी आँखों में चमक चौंध जाती कि कल शाम वह फिर आया था। मेरा धीरज तड़फड़ाने लगता, "फिर क्या हुआ?"

"होना क्या था?" तेजिन्दर अपना निचला गुलाबी होंठ निकालकर कहती, "बड़ी ज़ोर-ज़ोर से हॉर्न बजाता रहा। पहले तो मैं बालकनी में नहीं निकली, लेकिन जब हॉर्न बजना बन्द हो गया, तब मुझसे नहीं रहा गया। देखा—कार खड़ी थी, लेकिन वह नहीं था। थोड़ी ही देर में वह हमारी दुकान से निकला। मुझे खाँसी की

दवा का पत्ता दिखा-दिखाकर चिढ़ा रहा था। मैं तो जल्दी से अन्दर आ गयी। काका को शक हो जाता तो मेरी जान ले लेता!''

काका उससे दो साल छोटा था। स्कूल से लौटकर वह सारी दोपहर दुकान सँभालता।

''झूठ मत बोल, तूने कोई इशारा नहीं किया? तू हँसी भी नहीं?''

''उई, जा मैं नहीं बोलती।''

मुझे लगता था या तो तेजिन्दर का प्रेमी बुद्धू है या तेजी बड़ी घाघ है। यह भी क्या प्रेम-प्रसंग हुआ। दो महीने से सिर्फ़ हॉर्नबाजी चल रही है। तेजी को उसका नाम भी नहीं मालूम था।

पर फिर तेजी से बात किये बिना काम चलता भी न था। हम सब के पास तो इतना भी रंग नहीं था।

विमला का कहना था कि प्रेम पैसे के पीछे-पीछे चलनेवाला घोड़ा है।

उसका दर्द समझ में आता था। पिछले तीन साल से उसके लिए वर ढूँढ़ा जा रहा था। लगभग उतने ही साल उसे सपने देखते हो रहे थे। पहली बार उसके पिता ने कहा था वह पाँच हज़ार नक़द दे सकेंगे। लड़के के पिता ने दस हज़ार की माँग रखी। सरकते-सरकते उसके पिता अब आठ हज़ार पर आ गये थे, लेकिन लड़केवाले अब सोलह हज़ार माँगते थे। आठ हज़ार में ऊँची नौकरीवाला लड़का नहीं मिलता था, अध्ययनरत लड़का मिलता। बिमला के पिता नहीं चाहते थे कि दामाद और लड़की दोनों का खर्च विवाहोपरान्त भी वह उठायें। इसी चक्कर में बिमला पढ़े जा रही थी, यहाँ तक कि हम सब के साथ बी.ए. फाइनल में पहुँच गयी थी।

मेरे अभिभावकों के अनुसार मैं भी इसीलिए पढ़ रही थी, जबकि मेरा दिमाग़ कहता था मैं किसी और वजह से पढ़ रही हूँ। मेरी चेतना में आजकल एक भीषण तड़फड़ मची हुई थी। बार-बार एक असहमत आवाज़ उठती—''मुझे इन लाखों-करोड़ों लड़कियों-जैसा नहीं बनना है, मैं इनसे अलग हूँ।'' पर मुझे समझ नहीं आता था कि अलग बनने के लिए मैं क्या करूँ। शहर में कोई 'यूथ-गाइडेन्स सेण्टर' मेरी सूचना में नहीं था। उठते-बैठते मैं सिर्फ़ सोचती और अपनी निष्क्रियता पर स्वयं खिन्न हो जाती। उन्नीस साल की उम्र पर मैं एक घटना-प्रधान जीवन जीना चाहती थी, दर्शन-प्रधान नहीं।

यह नहीं कि शादी में मेरी दिलचस्पी नहीं थी, पर मैं शादी को समापन प्रकरण के रूप में चाहती थी। फिर ऐसी शादी का मैं क्या करती जो परिवार के बड़े-बूढ़ों

ने मेरे लिये सोच रखी थी। ये मेरे लायक क्या ढूँढ़ पायेंगे, मैं विरक्ति से सोचती : अपने ही जैसा दिलो-दिमाग़ से जड़ और जर्जर कोई घर, जहाँ सारी उम्र मैं गतांक से आगे मशीन पर पाजामे और गलेप सीती-सीती वृद्ध हो जाऊँगी। मेरे मन में शादी की एक अलग तस्वीर थी। उसमें वे सब रसदार और रसहीन रोज़ाना की बातें थीं, जो जीने की ज़रूरत से जुड़ी हुई थीं, लेकिन आगामी ज़िन्दगी की कल्पना में उन्हें दो नहीं, चार हाथ कर रहे होते। मेरे जागते सपनों में अक्सर वह अलमस्त चेहरा आता, जिसे मेरी सारी उद्विग्नताओं का प्रत्युत्तर बनना था। यथार्थ हुए बिना भी वह लगातार मेरे ज़ेहन में रहता। मैं अभी से उसके साथ सहअस्तित्व की स्थिति में आ गयी थी। घर में किसी को मेरे इस अन्दरूनी विप्लव का बोध नहीं था। उनके लिए मैं एक बीस हज़ार का बोझ थी, एक ऐसा जानदार सामान जिसकी चौकीदारी उनकी ज़िम्मेदारी थी।

हम चार थे--मैं, पिता जी, माँ और बाबा।

पिता सही अर्थों में अपने पिता के पुत्र थे। आजकल उन्हें जो बातें उद्वेलित करतीं, वे थीं--महँगाई, ब्याज-दर व रिटायरमेण्ट। किसी-न-किसी वर्तमान तनाव में जीते हुए वह अपने ज़माने की बात छेड़ देते, जब अरहर की दाल रुपये की बाईस सेर मिलती थी। उत्साह-ही-उत्साह में वह घी, आटा, चावल, तरकारी के भाव भी बताने लगते और माँ खिन्न हो जातीं। वह मौजूदा घर-ख़र्च के विवरण पर उतर आतीं। सभा-समापन के तौर पर कहतीं, "कमाई हो तो महँगाई भली।" उनका कमाऊ पति तब उन्हें चेतावनी देता, "जो है, उसे न रो। अभी तो ग़नीमत है हर माह छह सौ तिरपन रुपये आ जाते हैं, तीन साल बाद जब रिटायर होंगे तब महँगाई होगी पाँच गुनी और आमदनी होगी ठनू-ठनू गोपाल।"

ऐसे वक़्त मेरा मन होता, काश मेरे पास, फ़िल्मों में जैसे दिखाया जाता है, रुपयों से भरा एक ब्रीफकेस होता जो मैं इन तीनों के बीच खोलकर रख देती और हर एक की प्रतिक्रिया देखने का दुर्लभ अवसर प्राप्त करती।

लेकिन, माँ के चेहरे पर क्रोध, रुदन और असन्तोष साथ-साथ आ पसरते। बाबा विषयान्तर करते कहते, "क्यों बड़के, डॉ. श्रीवास्तव आगरा से लौट आये?"

मुझे आज तक पता नहीं चला कि बाबा को क्या बीमारी थी? सन् '69 में उनका अपेण्डिसाइटिस का सफल ऑपरेशन हुआ था, तब से उनकी दिलचस्पी डॉक्टरों और दवाओं में जागृत हो गयी। अक्सर वह सी.एच.एस. में बैठे पाये जाते। न मालूम कैसे शहर के सभी डॉक्टरों की क़ाबिलियत, शोहरत और फीस के बारे में उन्होंने विस्तृत जानकारी हासिल कर ली थी। जब धोबी धुले कपड़े लाता, तब वह अपने कलफ़ लगे धोती-कुर्ते सहेजकर रख देते और घर के धुले कपड़े पहन लेते। उनका

ख्याल था, ये साफ़-सुथरे कपड़े तब पहने जाने चाहिए, जब डॉक्टर के यहाँ जाना हो। रास्ते में कभी उन्हें किसी डॉक्टर की कार गुज़रती दिख जाती तो वह पिता जी से कहते, "बेटा, इन्हें नमस्ते नहीं की तुमने? डॉक्टरों से दुआसलाम ज़रूर रखनी चाहिए, न जाने कब कैसी ज़रूरत पड़ जाये!" पिता ने उनकी इस दिलचस्पी को कम करने की कोई कोशिश नहीं की। अपने परिवार की निःशुल्क चिकित्सा में उनकी गहरी आस्था थी।

बाबा के पास लकड़ी की एक छोटी सन्दूकची थी। वह 'सी.एच.एस.' से लायी गोलियों से ठसाठस भरी थी। घर या पड़ोस में किसी की तबीयत ख़राब होने का अन्देशा होते ही वह सन्दूकची खोलकर बैठ जाते और बड़े श्रम से सभी पर्चे पढ़ते। अपने अलावा, वह अन्य मरीज़ों के लिए स्वयं को एक अच्छा चिकित्सक मानते थे। वह आँख मूँदकर बता सकते थे कि पेटदर्द में कौन-सी दवा खानी चाहिए, सिरदर्द में कौन-सी। इसका मतलब यह नहीं कि वह ये सब गोलियाँ दे भी देते थे। सन्दूकची से गोली सिर्फ़ संक्रमण-काल में ही निकाली जा सकती थी, अन्यथा उनकी निःशुल्क सलाह ही कृतज्ञतापूर्वक ग्रहण करनी होती। कभी-कभी डॉक्टर के नुस्ख़े से यह सलाह मेल खा जाती, तब उनकी ख़ुशी का ठिकाना न होता।

डॉक्टर और बीमारी के प्रसंग से निज़ात पाने का तरीक़ा मैं जानती थी। मैं पास बैठ जाती, "बाबा, आपको मिठाइयों में सबसे अच्छी कौन लगती है?"

सन्दूकची बन्द कर देते थे। उनकी आँखों में कई क़िस्म की चाशनी झिलमिलाने लगतीं, "मिठाई का राजा है कलाकन्द! जयपुर का कलाकन्द कोई खा ले, फिर हमसे बात करे! दिल्ली में क्या कलाकन्द बनेगा, ससुरे खाँड़-ही-खाँड़ झोंक देते हैं। री मुन्नी, मेरे पास कहीं से हज़ार रुपये आ जायें तो मैं कलाकन्द का बिछौना बनवा लूँ। इधर करवट ली, इधर बुड़का मारा, उधर करवट ली, उधर!"

इसके बाद वह सभी मिठाइयों का विवरण, उनकी विशेषताओं सहित देते। लेकिन मेरे मनोरंजन का क्लाइमेक्स पहुँच चुका होता। मैं खिसकने की ताक़ में होती।

वैसे माँ अगर आस-पास होतीं, उनकी मुखाकृति तन जाती। इस वक़्त कोई रसोई में जाये तो उन्हें बड़बड़ाते पा सकता था, "ऐसी बातें करते हैं, क्या इनके पास हज़ार रुपये नहीं। सब हमें सुनाते हैं। हमसे नहीं बनते पकवान!"

माँ जितनी देर पूजा के कोने में न होतीं, उतनी देर वह चलता-फिरता स्वगत कथन थीं। पिता, बाबा, मेरी और पड़ोस की हरकतें वह देखतीं और फिर उनकी धीमी-धीमी भुनभुनाहट पाद-टिप्पणियों की तरह छूटती रहती। मुझे महसूस होता वह

परिवार की सबसे अधिक असहमत इकाई हैं। उनका पूजा-पाठ व सत्संग इसी असहमति से शुरू होता था। वर्षों उन्होंने अपने प्रश्नों के उत्तर पिता जी से चाहे थे, अब वह अपने सब सवालात दूसरे सदन में ले गयी थीं।

यह सब समझने के बावजूद माँ में मैं दिलचस्पी नहीं ले पाती थी। मुझे लगता मैं और माँ दो ध्रुव हैं।

कभी-कभी रसोई में हमारा साथ हो जाता।

वह कहतीं, "ला मैं रोटी सेकती हूँ, तू दाल पीस दे!"

काम करती हुई मैं उनकी धीमी बुदबुदाहट सुनती जो कभी स्पष्ट, तो कभी अस्पष्ट सुनायी पड़ती, "जन्मी थी औलाद! लड़का होता तो बुढ़ापे में काम आता...इन्हें सात बजे खाना चाहिए, मैंने ठेका ले रखा है सबका। हर्ष की माँ परवल के छिलके बिलकुल सामने फेंक गयी है। बेवकूफ़...दाल पिस गयी?"

मैं अन्दर-ही-अन्दर गुस्से से भर जाती। कभी उनकी लगातार भनभनाहट असह्य हो उठती। थाली उनके पास पटक मैं बाहर आ जाती। आँगन में आकाश देखने की कोशिश करती। तीन मंज़िली दीवारों को लाँघकर जो चौकोर टुकड़ा दिखायी देता, वह बड़ा फीका और श्रीहीन होता।

बरामदे में बाबा खाने के इन्तज़ार में एक व्यग्र-मुद्रा में बैठे रहते। घड़ी टिक्-टिक् कर पिता के दफ़्तर से लौटने की चेतावनी दे रही होती। कहीं टिक पाने की जगह न देखकर मैं पम्मो के कमरे में चली जाती।

प्रमिला अरोड़ा हमारी किरायेदार थी।

सिर्फ़ एक कमरे के वह सौ रुपये माह देती थी। कई बार सोचकर मुझे बड़ी ग्लानि होती कि यह सरासर लूट है।

दो तारीख को बाबा खाँसते, खँखारते उसके कमरे के आसपास मँडराने लगते और तब तक मँडराते रहते, जब तक कि वह दफ़्तर जाने के लिए निकलने को न होती।

यही क्षण प्राप्ति का क्षण था।

उससे रुपये ले बाबा सीधे माँ के पास आते और विजय-भाव से उन्हें रुपये थमा देते। माँ उदासीन-मुद्रा में पैसे स्वीकार करतीं और बड़े बेमालूम तरीक़े से ट्रंकोंवाले कमरे में घुस जातीं।

प्रमिला अरोड़ा 'हिन्दी-निदेशालय' में रिसर्च-असिस्टेण्ट थी। वह दस से पाँच दफ़्तर में रहती।

शाम को जिस वक़्त मैं उसके कमरे में घुसती, उस वक़्त वह या तो सुस्ता रही होती या चाय बनाने में जुटी रहती। अक्सर मैं स्वयं स्टोव जलाकर चाय का पानी चढ़ा देती।

कमरे के एक कोने में उसकी उठवाँ रसोई थी—स्टोव था, एक फ्राइंग-पैन था, चार प्लेटें और दो प्याले थे। एक जाली की अलमारी थी। कमरे का नक़्शा मैं कई बार देख चुकी थी, फिर भी वहाँ बैठना मुझे अच्छा लगता। प्रमिला की आत्मनिर्भरता मुझे प्रभावित करती। उसका उजला चेहरा, बढ़िया साड़ी कमरे की पीली रोशनी में एक ख़ूबसूरत विरोधाभास बन जाती। हम लोग ट्रान्जिस्टर पर विज्ञापनों का आनन्द लेते, फिर घूमने निकल जाते।

माँ को मेरा उसके साथ उठना-बैठना पसन्द नहीं था। मेरे कानों के लाभ के लिए वह अक्सर बड़बड़ातीं, "उसके प्यालों में चाय पीती है, कहीं उस जैसी हो गयी तो शादी भी नहीं होगी। ये अच्छे लक्षण थोड़े ही हैं! यह नहीं कि शाम के वक़्त पढ़े-लिखे, ध्यान करे।"

तब कहीं मुझे ख़्याल आता कि प्रमिला इतनी नीची, ख़ूबसूरत साड़ी इसलिए पहनती है, क्योंकि उसे अपने पैर छिपाने की ज़रूरत महसूस होती है। उसके पंजों और पिण्डलियों पर सफ़ेद दाग़ थे जो धीरे-धीरे ऊपर की ओर फैल रहे थे। जिस्म का जितना हिस्सा अनावृत नज़र आता था, बेदाग़ था, मुलायम और ख़ूबसूरत।

माँ इसे छुतहा बीमारी मानती थीं, जबकि मुझे अक्सर ख़्याल भी न आता कि उसकी देह विकारग्रस्त है। माँ उसे निकालने में कोई आपत्ति न करतीं, लेकिन वह उनकी आमदनी का एकमात्र साधन थी। वह दिवालिया नहीं बनना चाहती थीं। इतना शान्त और अनुपस्थित किरायेदार उन्हें कहाँ मिलता।

इससे पहले हमारे यहाँ कई किरायेदार आये और इतिहास की विषयवस्तु बनते गये। कोई किराया देने में देर लगा देता, तो कोई आँगन साफ़ करने में। कोई इसलिए ग़लत था कि मेरी तरफ़ ध्यान देने लग जाता तो कोई इसलिए कि माँ को आते-जाते नमस्ते नहीं करता।

प्रमिला के ऊपर इनमें से एक भी आरोप नहीं था। इसलिए उससे मेल-जोल के लिए माँ उसे नहीं, मुझे जिम्मेदार और दोषी ठहरातीं। वह बड़बड़ातीं फिर चुप हो जातीं। फिर बड़बड़ातीं फिर चुप।

माँ को लेकर मैंने कई नतीजे निकाल लिये थे। उन्हें शायद वह सब चीज़ें नापसन्द थीं, जो घर के किसी भी सदस्य को प्रिय थीं जैसे—पिता जी की सिगरेट, बाबा का अख़बार, मेरी सहेलियाँ! इन सुविधाओं को भोगते हुए हमें महसूस होता

कि ये नितान्त अस्थायी और अनियतकालीन सुविधाएँ हैं जो माँ की मर्ज़ी से कभी भी निरस्त की जा सकती हैं। माँ की शक्ति शायद पूर्व-वर्षों की उस प्रताड़ना में थी, जिससे कि वह निकली थीं। अब वह 'मोबाइल-कोर्ट' की तरह घर में घूमतीं, कोई किसी भी वक़्त पेशी के लिए पकड़ा जा सकता था। ज़मानत की व्यवस्था उन्होंने निलम्बित की हुई थी।

अंग्रेज़ी की प्राध्यापिका मिस अन्सारी हमें पश्चिम के 'विमेन्स लिब' के बारे में कुछ बताती रहती थीं। माँ को देखती तो मुझे लगता 'विमेन्स लिब' हमारे घर में वर्षों पहले आ चुका है। घर उनकी मर्ज़ी से चलता। बिना बिकिनी पहने, बिना ट्विस्ट किये, बिना एल.एस.डी. चखे वह मनमाना शासन कर रही थीं। मैं अपने पर लगी बन्दिशों के बारे में सोचती और इन्तज़ार करती बुढ़ापा कब आयेगा।

●

लगभग प्रेमिका

मैं शादीशुदा थी।

मैं हॉस्टल में रह रही थी।

मैं पति-परित्यक्ता नहीं थी।

अभी पिछले हफ़्ते ही कुमार मुझे इन सायँ-सायँ करते गलियारों में खड़ा छोड़ गया था। उस वक़्त शाम थी। लगभग सभी कमरे बन्द पड़े थे। सुपरिण्टेण्डेण्ट ने कहा, "लड़कियाँ शाम को अक्सर घूमने निकल जाती हैं। आठ बजे हाजिरी होती है। तब सब वापस आयेंगी।"

कुमार ने मुझे फ़ोन नम्बर दिये—कुछ दिल्ली के और कुछ बम्बई के। उसने मुझे उन सब दवाइयों के नाम याद दिलाये, जो यकायक मेरी तबीयत ख़राब होने पर काम आती हैं, लेकिन जो मुझे कभी याद नहीं आतीं। फिर एक बेहद उदास मुस्कुराहट के साथ वह चला गया।

ऐसा पहली बार नहीं हुआ था। न जाने कितनी बार ज़िन्दगी हमारे साथ उखाड़-पछाड़ कर चुकी थी। इसी उखाड़-पछाड़ के अन्तर्गत हम फ्लैट से चाल और चाल से हॉस्टल में पहुँचते गये थे। छह साल बाद भी हमारे आस-पास बड़ी धुन्ध थी। मुझे नहीं पता था, कुमार दिल्ली में कहाँ ठहरेगा और उसकी जेब में जो तीन सौ रुपये हैं, वे कब तक उसका साथ देंगे।

यह बड़ी हास्यास्पद सच्चाई थी कि कहने को मैं प्रवक्ता थी, लेकिन मुझे कुल डेढ़ सौ रुपये मिलते थे। पिछले तीन साल से मैं विमेन्स कॉलेज में अंशकालिक प्रवक्ता थी। हर साल कॉलेज में न जाने कितनी नयी नियुक्तियाँ होतीं, पदोन्नतियाँ होतीं और मैं वहीं-की-वहीं रही आती। नयी साड़ियों में जो नये चेहरे आते, उनके बारे में पता चलता, किसी का पिता घड़ियों का सबसे बड़ा व्यापारी है, तो किसी का चाचा इन्कम टैक्स कमिश्नर है। मेरी जड़ें इतनी पक्की नहीं थीं। मैं अंशकालिक पद पर पूर्णकालिक कार्य करती थी, मेरी सहयोगी प्रवक्ता पूर्णकालिक वेतन पर अंशकालिक काम।

अब से हमें अलग-अलग शहरों में अपनी लड़ाई लड़नी थी। कुमार का कहना था, बम्बई की वह सारी सम्भावनाएँ टटोल चुका था। वैसे मुझे उम्मीद नहीं थी कि दिल्ली में कोई सम्भावना उसकी पकड़ में आयेगी। वह शहर तो और भी बे-मुरव्वत था। साइकिलों और धुएँ-भरी अँगीठियों के उस शहर से क्या आशा की जा सकती थी! इस शहर में न सही धुरी, रफ़्तार तो थी। उस शहर से मुझे जन्मजात चिढ़ थी।

सुबह-सुबह जब आँख खुली, कमरे की मेरी साथी ज्योति देव अभी सोयी हुई थी। मैंने एक बार अपने सँकरे, अकेले बिस्तर को देखा और अपने फेफड़ों में चेतना भरनी चाही, ''अब मैं आज़ाद हूँ।'' कोई विशेष अनुभूति नहीं हुई। पास पड़ी मेज़ पर मेरा पर्स रखा था। उसमें सिर्फ़ सवा चार रुपये थे। सवा चार रुपये में कितनी देर आज़ादी बरक़रार रखी जा सकती है!

''ठीक है, आज़ादी हम पन्द्रह अगस्त को मनायेंगे!'' मैंने तय किया और चाय पीने चल दी।

साठ रुपये में जैसा खाना, चाय और नाश्ता मिल सकता था, मुझे मिल रहा था और बीस रुपये प्रतिमाह में कमरे का जितना टुकड़ा हासिल हो सकता था, मेरे पास था। पहले ही महीने सारा भुगतान कर जब दस-दस के सात साबूत नोट मेरे पास बच गये, तो मैं ख़ुशी से हक्का-बक्का रह गयी। इतनी दौलत मेरे पर्स में कभी नहीं आयी थी। मेरे मन में जिज्ञासा हुई, क्या कुमार भी अपने को इतना मुक्त पा रहा होगा? यह जानने का कोई ज़रिया नहीं था, क्योंकि पत्रों में हम अपनी-अपनी माली हालत की बात कम और प्रेम की बातें ज़्यादा करते थे। फिर एक अन्तर्देशीय में गुंजाइश भी कितनी होती है!

फ़िलहाल यह अकेलापन और आत्मनिर्भरता अच्छी लग रही थी। बड़ी मुश्किल से ये नियामतें हासिल हुई थीं। हॉस्टल के बायें भाग में कुछ वरिष्ठ

प्राध्यापिकाओं के कमरे थे। ये अपेक्षाकृत बड़े थे और इनमें ग़ुसलख़ाने अन्दर को बने थे। हॉस्टल में रहते हुए भी वहाँ की चपलता से अछूती ये महिलाएँ अपने-आपमें एक अलग दुनिया बनाती थीं। इस दुनिया में प्रवेश पाने लायक परिपक्वता अभी न मेरे बालों में आयी थी, न बातों में।

मैं अपने को कुछ-कुछ व्यवस्थित पा रही थी, यानी रोटी, कपड़ा, मकान, तीनों अपने आधे-पौने रूप में मयस्सर हो रहे थे। अकेली रातों का सहारा वियोग और विरह था। समस्या थी बाकी वक़्त की। अपनी क्लासों और अपने शरीर की देख-भाल के बाद भी कई घण्टे फालतू बच जाते। शाम के वक़्त हॉस्टल में अकेले छूट जाना उदास से अधिक शर्मिन्दा कर देता।

इस समस्या पर बहुत सोचने के बाद मुझे महसूस हुआ कि यह अकेलापन सिर्फ़ एक चीज़ से भरा जा सकता है। सोच लेने के बाद मुझे ताज़्जुब हुआ कि डेढ़ महीने से यह सीधी-सी बात मेरी समझ में क्यों नहीं आयी! ख़ामख़ाह अपने को बेवकूफ़ बनाती मैं तेरह नम्बर के मनहूस कमरे में बैठी रही। मैं जो अपने को साहित्य की अफ़लातून मानती हूँ, इतना तक न समझ पायी कि साहित्य में किन स्त्रियों को अमरता प्राप्त हुई है। अन्ना कैरिनीना, मैडम बोवेरी, लेडी चैटरली और मीराँबाई।

मेरा वर्तमान जीवन एक छोटे-से प्रेम-प्रसंग से सार्थक और आकर्षक बन सकता था।

मैंने बहुत वैज्ञानिक ढंग से इस विषय पर सोचा। मैं नहीं चाहती थी कि कोई शोहदे क़िस्म का प्रेमी पल्ले पड़ जाये और मेरा पारिवारिक जीवन मुसीबत में पड़ जाये। मैं चाहती थी, एक सीधा-सादा, संक्षिप्त, सुरक्षित-सा प्रेम-प्रसंग।

इसी दृष्टि से मैंने कृष्ण को फ़ोन कर दिया। कृष्ण ने जब सुना, मैं हॉस्टल में हूँ और कुमार दिल्ली में, वह भागा-भागा लंच-टाइम में आ गया। पिछले छह महीने से वह आई.एन.एस. 'महादेव' पर ड्यूटी पर था और जाने कहाँ-कहाँ के तट देख आया था।

कृष्ण एक भौंचक मुद्रा में विज़िटर्स-रूम में घुसा। मैंने उसका अभिवादन किया। उसने जल्दी-जल्दी कुछ प्रश्न पूछे, जिनका सम्बन्ध कुमार की ख़ैरियत और मेरे स्वास्थ्य से था।

फिर उसने शिकायत की, "इतना कुछ हो गया और आपने हमें ख़बर तक नहीं की, भाभी!"

मैंने उलझन से उसकी ओर देखा। नीली मैक्सी में न मैं भाभी लग रही थी, न उस नेवी यूनिफॉर्म में वह देवर। वैसे भी मुझे ये रिश्ते-छाप सम्बोधन प्रिय नहीं थे।

मेरा एक सुन्दर-सा नाम था, सुजाता। मुझे याद है, मैं कुमार के इस दोस्त को कृष्ण नहीं, के. के. कहकर पुकारती थी। इसका नाम था कृष्ण कक्कड़। दोस्त के स्तर पर यह लड़का मुझे ख़ास दिलचस्प नहीं लगता था। शायद इसकी नौकरी इसके लिए ज़िम्मेदार थी। लेकिन इसके अन्दर दूसरी बातें थीं, जिनकी वजह से यह हमारे घर में एक अच्छे दोस्त का ओहदा पा गया था। यह बहुत आसानी से हमारे किसी भी प्रोग्राम में शरीक़ हो जाता था, फिर चाहे वह प्रोग्राम सिनेमा का हो, या मोटरबाइक साफ़ करने का।

कृष्ण ने बाहर चलकर कॉफी पीने का प्रस्ताव रखा।

एम.जी. कैफ़े में मटन-समोसे उतने ही कड़े थे, जितने कि पहले हुआ करते थे और कॉफ़ी उतनी ही कड़वी।

कृष्ण बता रहा था, पिछले दिनों उसने कितनी जान-लेवा ड्यूटी की। कभी-कभी खड़े-खड़े यह हालत हो जाती थी कि जब बैठता था, तो टाँगें मुड़ती ही नहीं थीं।

मैंने पूछा, "इतनी जगह गये, कुछ शॉपिंग भी की?"

"किसके लिए?"

"भविष्य के लिए।"

वह मुस्कुराया, "आप तो जीवन-बीमा के प्रतिनिधि की तरह बोल रही हैं!"

मैंने उससे निहायत औरताना अन्दाज़ में कहा, "तुम शादी क्यों नहीं कर लेते?"

"कोई अच्छी लड़की नहीं मिलती।"

"अच्छी लड़की कैसी होती है?"

वह रुका, हँसा और चमकती आँखों से बोला, "आप-जैसी!"

मैं बहुत हलका महसूस करने लगी। यह बहुत बड़ा कॉम्प्लीमेण्ट था। मेरी तीव्र इच्छा हुई कि काश, कुमार इस वक़्त यहाँ मौजूद होता, यह बात उसके सामने कही गयी होती। तब उसे पता चलता, सुजाता कोई मामूली लड़की नहीं है—आम पत्नियों-सी सपाट और श्रीहीन। वह अभी भी मिसाल बन सकती है।

मैं मन-ही-मन सोचने लगी कि यह बात पत्र में कैसे लिखी जाये कि विश्वसनीय लग सके।

कृष्ण ने सिगरेट बुझायी, "आप बुरा तो नहीं मान गयीं?"

"किस बात का?"

"यानी आप बुरा नहीं मानी हैं!"

मैं कुछ दूर की मेज़ पर बैठी एक लड़की की विचित्रपुरी साड़ी देखकर सोच रही थी, यह कितने में आती होगी।

"भाभी, आप मछली खा लेती हैं?"

"नहीं, मुझे बू बहुत बुरी लगती है।"

"मैं तो पकी हुई मछली की बात कर रहा हूँ। हमें जहाज़ पर इतनी मछली खाने को मिली कि अब मैं कई बार सब्जियों को भी मछली समझकर दबा-दबाकर उनमें काँटे ढूँढ़ने लगता हूँ! और केकड़ा, बाप रे बाप! रोस्ट हो जाने पर क्या ग़ज़ब का स्वाद छोड़ता है!"

"तुम तो बिलकुल भ्रष्ट होकर लौटे हो!" मैंने कहा, "तभी समुद्र-यात्रा के बाद हमारे पुरखे गो-मूत्र पिलाकर तबीयत साफ़ करवाया करते थे!"

वह हँसा—चमकते दाँतों और आँखोंवाली एक बेफ़िक्र हँसी।

मुझे बाहर निकलते-निकलते उससे रश्क हुआ। एक यह था—अलमस्त आज़ाद और अकेला। एक मैं थी, जो अकेली होकर भी अकेली नहीं थी। किसी बात पर हँसती थी, तब भी लगता था, जैसे इसका ताल्लुक़ सम्पूर्ण मनःस्थिति से नहीं है।

सामने से एक बेहद जवान लड़की मिनी ड्रेस में आ रही थी। कृष्ण उसे ध्यान से देख रहा था। मुझे लगा, मैं साथ न होती, तो वह ज़रूर सीटी बजाता। पर इस वक़्त वह मौसम की बात कर रहा था।

हॉस्टल का फाटक सामने था। बहुत-से लड़के-लड़कियाँ झुण्ड बनाये बातचीत कर रहे थे।

मैंने विदा ली।

अभी भी चाय के वक़्त में बहुत समय था। मैंने विज़िटर्स रूम में पड़ी पत्रिकाएँ उलटीं-पुलटीं। पढ़ने को ख़ास कुछ नहीं था, सब फ़िल्मी पत्रिकाएँ थीं, जिनमें से जगह-जगह से बड़ी सफ़ाई से पृष्ठ उड़ा लिये गये थे। तभी डॉ. वर्मा घूमती हुई उधर आ निकलीं।

"अरे, तुम यहाँ अकेली बैठी हो! तुम्हारे कॉलेज में जलसा नहीं था क्या आज?"

मैंने गरदन हिला दी।

वह बोलीं, "मैंने तो आज के जलसे में अपने कॉलेज के माली को मुख्य अतिथि बनाया था। उसी ने गाँधी जी के चित्र पर पहला हार चढ़ाया। मैंने लड़कियों से कहा,

भई, हमें वी. आई. पी. गेस्ट से क्या लेना-देना! गाँधी-जयन्ती पर हम गाँधी जी के आदर्शों का सम्मान करें!"

वह एक स्थानीय कॉलेज की प्रधानाचार्य थीं। अपने कारनामे बताने की इतनी शौक़ीन कि अकसर उन्हें यह भी ख़याल न रहता कि श्रोता कौन है और कितने प्रतिशत उन्हें सुन रहा है। इसके पहले कि वह अपनी थीसिस के चैप्टर का सारांश सुनाना शुरू करे, मैं उन्हें नमस्ते कर अपने कमरे में चली गयी।

कमरा खाली था। ज्योति अभी लौटी नहीं थी। मेरे मन में सबसे पहले उसकी ग़ैरमौजूदगी का फ़ायदा उठाने की बात उठी। मैंने उसकी टेबिल पर पड़ी किताबें, काग़ज़ात वगैरह देखने शुरू किये। निहायत बेमज़ा भूगोल की किताबें थीं। कुछ पन्नों पर नोट्स लिखे हुए थे। काग़ज़ों के नीचे मराठी की एक बी. ए. गाइड थी।

मैंने गाइड के पन्ने उलटे। एक नीला अन्तर्देशीय पन्नों के बीच दबा मिला। मुझे लगा, ज़रूर यह कोई प्रेम-पत्र होगा। मैंने खोलकर देखा। लिपि देवनागरी थी, लेकिन भाषा मराठी। अन्त में लिखा था, "तुझीच, आयी।" माँ की चिट्ठी इतनी सँभाल कर रखी हुई थी, इसी से पता चलता था कि यह बड़े फीके क़िस्म की अविवाहित लड़की है।

जब वक़्त किसी भी तरह नहीं कटा, तो मैंने ज्योति की एटलस ली और नक्शे देखने लगी। तभी उसमें से एक फ़ोटो खिसककर गिरा। देखकर मैं चकित रह गयी। ज्योति के साथ चित्र में एक पुरुष था। दोनों का पोज़ बिलकुल ऐसा था जैसा कि नव-विवाहित दम्पतियों का हुआ करता है। फोटो के पीछे लिखा था : "मधुर मिलन—दिलीप"। मेरे सामने ज्योति अनायास एक बहुआयामी व्यक्तित्व हो उठी, जिसकी अपनी रहस्यमय ज़िन्दगी थी, जो इस महानगर में महज़ भाड़ नहीं झोंक रही थी।

आज शनिवार था और आज की आख़िरी डाक से भी कुमार की चिट्ठी नहीं मिली थी। मुझे बड़ा गुस्सा आया। चिट्ठी न आने का मतलब था, न सिर्फ़ शनिवार बल्कि रविवार भी तबाह! मुझे लगा, उसने ज़रूर कुछ आवारा क़िस्म के दोस्त ढूँढ़ लिये होंगे। असन्तोष से भुनभुनाती मैं डाइनिंग हॉल में गयी।

रविवार की सुबह ज्योति ने मेरे उठते-उठते तक हम दोनों का नाश्ता कमरे में ही मँगवा लिया। लीलू चिवड़ा और मेथी-बड़े आज की स्पेशलिटीज़ थीं। मैंने बिना नहाये लेटे-लेटे ही चाय पी और खुली आँखों सपने देखने की कोशिश करने लगी। ज्योति ने फ़ौरन तैयार होना शुरू कर दिया। सपनों की जगह मुझे चिन्ताओं ने घेर लिया—कुमार कहाँ रहता होगा, कैसे खाता होगा, कहीं चाय और सिगरेट पर ही दिन

न बिताता हो, उसकी लेक्चररशिप की इण्टरव्यू का क्या हुआ! मुझे लगा, सपने देखने की मेरी क्षमता ख़त्म हो चुकी है।

तभी चपरासी ने आकर कहा, ''विज़िटर।'' खाली होने के बावजूद इतनी सुबह तैयार होकर नीचे जाने का ख़याल अच्छा नहीं लगा। मैं तो अभी अपने दिमाग़ के साथ लड़ रही थी कि शरीर के साथ-साथ वह भी छुट्टी क्यों नहीं मनाता! मैं खीजकर उठी और उसी मुचड़े ड्रेसिंग गाउन में नीचे उतर गयी।

विजिटर्स रूम में कृष्ण तरोताज़ा मुद्रा में बैठा था। मेरा हुलिया देखकर हताशा से बोला, ''लीजिये, आप अभी सोकर ही नहीं उठी हैं और हम हैं कि 'द फॉक्स' के मार्निंग शो के टिकट भी ख़रीद लाये!''

मैंने घड़ी पर नज़र डाली, ''तो तुम यहाँ क्या कर रहे हो, पिक्चर शुरू हो गयी होगी!''

कृष्ण ने चोट खायी आँखों से मुझे देखा, ''टिकट एक नहीं, दो लिये हैं और आपको चलना है!''

मैंने कहा, ''मैं सुबह दस बजे डॉक्टर के यहाँ जा सकती हूँ, या दफ़्तर, पिक्चर तो कतई नहीं!''

''इसका मतलब, एक टिकट ख़राब जायेगा!''

''देखो के. के., अच्छे बैचलर अपना वक़्त भाभियों और दीदियों में ख़राब नहीं किया करते।''

कृष्ण चिढ़ गया।

''आज आप मेहरबानी कीजिये, आगे से मैं आपकी सलाह मानूँगा।''

नहाने का समय नहीं था। काफ़ी जल्दी करने पर भी जब हम हॉस्टल से निकले, पौने ग्यारह बज रहे थे।

कृष्ण का मूड ख़राब लग रहा था।

फ़िल्म पूरी मुझसे देखी नहीं गयी। उसमें दो नायिकाएँ थीं—एक-दूसरे से भावनात्मक और शारीरिक स्तर पर सम्पर्क स्थापित करती हुईं।

अस्वाभाविक और अप्राकृतिक रिश्ते मुझे कभी अपील नहीं करते, चाहे वे कितने ही आधुनिक ढंग से प्रस्तुत किये जायें। मेरे सिर में दर्द होने लगा।

मैंने कहा, ''मैं चाय पीना चाहती हूँ।''

कृष्ण ने कहा, ''हम पिक्चर के बाद 'मोकैम्बो' में खाना खायेंगे।''

मैंने कहा, ''मैं इसी वक़्त बाहर जाना चाहती हूँ।''

हम लोग उठकर गुरडोन में आये। कृष्ण का मूड काफी बिगड़ा लग रहा था।

मैंने पर्स से निकालकर एस्पिरीन की टिकिया चाय के साथ ली। फिर मैं बायें हाथ से कनपटियाँ दबाती चाय पीने लगी।

एस्पिरीन का असर होने के बाद मुझे ध्यान आया, कृष्ण मेरे सामने मुँह बनाये बैठा है। मुझे अचानक उस पर बड़ा तरस आया।

"मैं तो यहाँ से हॉस्टल चली जाऊँगी, के. के.। तुम जाकर पिक्चर देखो।"

"मैं सोच रहा था, शायद आपको अस्पताल ले जाना पड़े!"

"तुम्हारा आज का दिन बिगाड़ने का मुझे अफ़सोस रहेगा!" मैंने उससे विदा ली।

हॉस्टल पहुँच अपने बिस्तर पर लेटकर मुझे महसूस हुआ, के. के. अब उतना कोऑपरेटिव नहीं रहा है जितना पहले था। कुछ देर में व्यवस्थित होने के बाद मुझे लगा, मैं भी अब उतनी कोऑपरेटिव नहीं रही हूँ, जितनी पहले थी। शायद यह उम्र का गठिया था, जो धीरे-धीरे मेरा लचीलापन नष्ट कर रहा था।

अब छोटी-छोटी बातों में उतना मज़ा नहीं आता था, बल्कि छोटी-छोटी बातें खिझाती अधिक थीं—ख़ास तौर पर कुमार की बातें। ताज़्जुब यह था कि शादी के पहले इन्हीं छोटी-छोटी बातों पर मैं फ़िदा हुई थी। मसलन, वह सिगरेट कभी अन्त तक नहीं पीता था, तीन-चार कश के बाद उसे कमरे के किसी भी कोने में कुचलकर फेंक देता था। चाय का पहला सिप वह गर्म और बाक़ी चाय ठण्डी पीता था। वह अपने जूते न ख़ुद पॉलिश करता था, न मुझे करने देता था। चमक उतरने पर वह नये ख़रीद लेता।

मुझे लगा, अगर कुमार की आदतें इतनी फ़िजूल न होतीं, तो हम अब तक बहुत-कुछ बचा सकते थे। भविष्य एक बार फिर अपनी अनिश्चितता से मुझे आतंकित कर उठा। ज्यों-ज्यों वक़्त बीत रहा था, मैं समय के सफ़ेद पन्नों से डरती जा रही थी।

बिस्तर पर पड़े-पड़े मैं परेशान हो उठी। क़ायदे से मुझे अपने वर्तमान पर ध्यान देना चाहिए था, अपने प्रेम-प्रकरण और प्रेमी के प्रति अधिक सहिष्णुता बरतनी चाहिए थी, लेकिन मैं थी कि जीवन के वित्तीय मामलों से मन-ही-मन उलझ रही थी।

निर्णय लेकर मैं उठी, नहायी। बहुत ध्यान से तैयार हो मैं के. के. को फ़ोन करने गयी, गोया फ़ोन में टेलीविज़न भी लगा होगा। कृष्ण अपने मेस में नहीं था। मैं निराश हो आयी। इस वक़्त मैं विजय-अभियान पर निकली थी। यों लक़दक़ तैयार होने के बाद वापस अपने कमरे में जाना मुझे मंजूर नहीं था। कुछ देर मैं गलियारे में खड़े दूसरे विज़िटर्स देखती रही, फिर बाहर चल दी। बिना किसी मक़सद के मैंने कोलाबा

जानेवाली बस पकड़ ली। कुछ देर खिड़की से बाहर का दृश्य देखने के बाद ही मुझे यह अहसास हुआ कि मेरे पहलू में बैठा यात्री निश्चल नहीं है।

मैंने आश्चर्य से सुना, "बेबी, विल यू हैव डिनर विद मी, फिफ्टी रुपीज़!"

वह बेहद प्रौढ़, लगभग वृद्ध, पारसी था। उसका सफ़ेद बन्द गले का कोट काफ़ी ढीला और पुराना लग रहा था।

आशय समझते ही मैं भय से जड़ हो गयी, "नो, शट अप!" कहती मैं उठकर खड़ी हुई और अगले स्टॉप पर बस रुकते ही उतर गयी।

इस अजनबी बस स्टॉप पर उतरते ही मुझे एक साथ राहत और संकट का आभास हुआ। अगर मैं किसी खतरे में फँस जाती, तो। मुझे अचानक यह शहर अपने विरुद्ध लगने लगा।

कृष्ण ने नया कैमरा ख़रीदा था। फ़ोन पर बोला, "आज दोपहर कमला नेहरू पार्क चलेंगे। पूरी रील ख़त्म करनी है।"

मैं आज बेहद ख़ुश थी।

मेरी ख़ुशी की वजह दूसरी थी।

कुमार का आज पत्र आया था कि उसे विश्वविद्यालय में लेक्चररशिप मिल गयी है। सोलह को वह ज्वॉइन कर रहा है। उसने लिखा था, "अब तुम सब छोड़-छाड़कर जल्दी से चली आओ। चिट्ठी मिलते ही चल पड़ना। इस्तीफ़ा दिल्ली आकर डाक से भिजवा देना। तुम्हें चकनाचूर कर देने की तबीयत हो रही है...।"

मैं बेहद उतावली थी। शाम को कोई गाड़ी नहीं थी। मैं अगली सुबह ही चल देना चाहती थी, इसलिए आज कई काम निबटाने ज़रूरी थे। फिर चेतना में कुमार कुछ इस तरह समाया हुआ था कि दिमाग़ कुछ भी ग्रहण नहीं कर पा रहा था।

मैंने कहा, "मैं आज नहीं आ सकूँगी...कल मैं दिल्ली जा रही हूँ।"

कृष्ण को यक़ीन नहीं हुआ।

"लेकिन भाभी, आज आपको मेरे साथ ज़रूर चलना है, नहीं तो मैं यह कैमरा अभी तोड़ डालूँगा!"

हारकर मैं बोली, "कहीं पर्यटकों की तरह कैमरा कन्धे पर डाल हॉस्टल न आ जाना! मैं तुम्हारे दफ़्तर के बाहर मिलूँगी।"

आज स्टाफ-मीटिंग भी थी।

वहाँ से मैं सीधी कृष्ण के दफ़्तर पहुँच गयी। वह बाहर ही खड़ा था।

टैक्सी में बैठने के पहले वह न छुपनेवाली निराशा के साथ बोला, "आप हॉस्टल जाकर चेंज करना चाहें, तो पहले वहाँ चलें।"

कुछ क्षण बाद मेरी समझ में आया, कृष्ण क्या कह रहा था। मैंने सफ़ेद साड़ी पहनी हुई थी और सफ़ेद ब्लाउज। लेकिन उसका कमेण्ट मुझे अच्छा नहीं लगा।

"नहीं, मैं ऐसे ही चलूँगी! यह ज़रूरी नहीं है कि तुम मेरी तसवीर लो!"

"आप बहुत जल्द बुरा मानती हैं!" कृष्ण ने कहा।

कमला नेहरू पार्क में जिन-जिन स्थलों पर अनगिनत लोग, अनगिनत लोगों की तसवीर लेते हैं, उन्हीं-उन्हीं जगहों पर हमने भी एक-दूसरे की तसवीर खींची, मसलन 'जूते' से बाहर झाँकते हुए, रेलिंग के सहारे, फव्वारे के सामने और षट्कोण बरामदे के आगे।

फिल्म ख़त्म होने में नहीं आ रही थी।

मैंने घास के बने भालू, ऊँट और हिरन की भी तसवीर ले डाली। कृष्ण ने दुःखी होकर कैमरा मेरे हाथ से ले लिया।

मैंने कहा, "मुझे सामान बाँधना है।"

उसने कहा, "नाज़ में कॉफी पी लें, न जाने फिर कब मिलना हो पाये!"

मुझे उसकी अर्द्धवयस्कता से बड़ी चिढ़ हुई। उसे क्या पता, आज का दिन मेरे जीवन में कितना महत्त्वपूर्ण था।

नाज़ की छत से जहाँ तक नज़र जाती थी, खुला विस्तार था, और मैं यह सोचकर ख़ुश थी कि यही विस्तार दिल्ली तक जाता है।

मैंने जल्दी से कॉफी ख़त्म कर दी।

मैं बहुत कम बोल रही थी। कृष्ण ने कहा, "मुँह क्यों बना रखा है?"

"फ़ोटो खिंचवाने के लिए!" मैंने कहा, "लेकिन मेरे ऊपर ऐसे कमेण्ट मत किया करो, मैं माइण्ड करती हूँ!"

"और मैं माइण्ड नहीं करता कि आप तब से ऐसे व्यवहार कर रही हैं, जैसे मैं आपका फ़ोटो नहीं, एक्स-रे ले रहा हूँ!"

मैंने कहा, "तुम ग़लत व्यक्ति के साथ यहाँ आ गये हो! तुम्हें दफ़्तर की टाइपिस्ट के साथ आना चाहिए था!"

"क्या यह चुनौती है?"

"चुनौती प्रतिद्वन्द्वी देते हैं, मैं तो स्पर्द्धा में ही नहीं हूँ!"

"मेरा मन हो रहा है, कैमरे को आधे दामों पर बेच दूँ।"

"तुम मूर्ख हो!"

कृष्ण बेहद चोट खा गया, "भाभी, पता नहीं, कब मिलना हो, आज तो मुझे गम्भीरता से लें!"

मैं खिलखिलाकर हँस पड़ी, "गम्भीरता से तो उपनिषदों को लिया जाता है और बीमारियों को!"

मुझे लगा, मैं इस लड़के को कितनी आसानी से ख़ुश अथवा नाराज़ कर सकती हूँ।

धूप पूरी उतर गयी थी। सूरज समुद्र में छलाँग लगाने की तैयारी कर रहा था।

मैंने कृष्ण से कहा कि अगर वह कभी दिल्ली आये तो हमारे यहाँ ही ठहरे।

"ऐसी रस्मी बातें करने के लिए प्लेटफार्म बेहतर होता है!" कृष्ण ने कहा।

मुझे तेईस नम्बर बस पकड़नी थी, उसे सत्तर। उसने कहा, वह मुझे चढ़ाकर अपने क्यू में चला जायेगा।

तेईस नम्बर बस जल्दी आ गयी।

मैंने खिड़की से देखा, कृष्ण खड़ा देर तक हाथ हिलाता रहा।

प्रत्युत्तर में मैं हाथ न हिला पायी, सिर्फ़ मुस्कुरा दी।

मुझे लगा, इस क़दर मचलते हुए हाथ हिलाने के लिए कितना यौवन और मस्ती चाहिए!

मैं तो एक ही प्रेम में खँडहर हो गयी थी।

मेरे लिये बेहतर यही था कि मैं आगामी जीवन पर चिन्तन करती हुई लॉण्ड्री से अपनी साड़ियाँ ले आऊँ।

●

निवेदन

डी. के. शो-रूम से वह बहुत तमतमायी निकली थी।

अख़बार में उसने सुबह पढ़ा था डी. के. कपड़ों की क़ीमतों में पचीस प्रतिशत विशेष कटौती। उसने तभी तय कर लिया था कि वह मण्टू के लिए दो कमीज़ों का कॉट्सवूल आज ही ख़रीद लेगी। तीन बजे मण्टू को लेकर वह बड़े चाव से सिविल लाइन्स आयी।

डी. के. शो-रूम शोख़ लुंगियों, तौलियों और कॉट्सवूल के थानों से सजा था। काउण्टर पर पैसे देते समय बिल देखकर वह भड़क गयी। कपड़े की वही क़ीमत लगायी गयी थी जो थी। उसके पूछने पर उस बूढ़े कैशियर ने बड़ी रुखाई से कहा, "अख़बार अपनी तरफ़ से पंचानबे प्रतिशत कटौती एनाउन्स कर दे, हम क्या कर सकते हैं। हमें अभी कम्पनी से कोई सूचना नहीं मिली है, हम रियायत नहीं दे सकते।"

मिनी ने बिल उसके हाथ पर पटकते हुए कहा, "उसे कपड़ा नहीं चाहिए, वह ऐसी दुकान से कुछ नहीं लेगी।"

बूढ़े ने और भी ठण्डी आवाज़ में कहा, "कपड़ा कट चुका है, उसे लेना पड़ेगा।"

रुपये एक तरह से वहाँ फेंककर, मिनी ने कपड़े का पैकेट उठाया और मण्टू को घसीटती बाहर निकल आयी। उसका सारा बजट गड़बड़ा गया था।

उसने सोचा था मण्टू को नायलॉन की पैण्ट भी दिलायेगी। अब उसके लायक़ पैसे नहीं बचे थे।

झुँझलाहट उसे इस बात पर थी कि दुकानदार सरेआम बेईमानी कर रहा है और लोग चुपचाप, बिना हुज्जत कपड़ा ख़रीद रहे हैं।

''अम्माँ जूस पियेंगे'', मण्टू बोला।

मिनी मण्टू को लेकर 'बीटर' के चौराहे पर चली गयी; मण्टू ने बड़ी देर तक स्ट्रॉ से जूस पीने की कोशिश की। हर बार स्ट्रॉ उसके होंठों से दब जाती और वह उसे फेंककर काउण्टर पर से दूसरी स्ट्रॉ उठा लेता। मिनी ने जूस ग्लास में डालना चाहा पर मण्टू की ज़िद थी वह डब्बे में स्ट्रॉ से पियेगा। वेटर कुछ देर मण्टू की हरक़तों पर हँसता रहा, फिर उसने स्ट्रॉ का डब्बा छुपा दिया।

मण्टू रुआँसा हो गया।

मिनी का मन हुआ वह अभी बराबर की दुकान से स्ट्रॉ का पूरा डब्बा ख़रीदकर मण्टू के आगे रख दे। लेकिन उसे मालूम था कि ऐसी उत्तेजनाएँ न सिर्फ़ ग़लत होती हैं, महँगी भी पड़ती हैं। इसलिए वह वहीं खड़ी रही अपना वजन कभी दायें, कभी बायें पैर पर डालती।

अब तक मण्टू ने ठुनकना शुरू कर दिया था, ''जूस नहीं पीना, पापा पास के चलो।''

वह उसे घुड़कने ही वाली थी कि सामने से उसे वर्मा जी आते दिखायी दिये। वह शान्तिपूर्ण तरीक़े से मण्टू को चुप कराने की कोशिश करने लगी।

वर्मा जी ने आते ही, उसकी नमस्ते के जवाब में, मण्टू को गोद में उठाकर हवा में उछाल दिया, ''क्यों रोते हो भई, आओ, हम तुम्हें आइसक्रीम खिलायें।''

आइसक्रीम लेते ही मण्टू शान्त हो गया; अब उसे पापा और घर, कुछ याद नहीं था।

''मिनी जी, आप भी आइसक्रीम लीजिये।''

''मेरे पास यह जूस है'', मिनी ने कहा।

मिनी का एक बार फिर मन हुआ उनसे कहे उसे मिनी जी न कहें, सिर्फ़ मिनी कहें या फिर मिसेज़ सिंह। लेकिन इसके साथ ही उसे पिछला वाक़या याद आया जब उसने यह कहा था और उन्होंने उससे कहा था, ''आप मुझे वर्मा कहा करें तो मैं आपको मिनी कहूँ।''

मिनी अब उम्र की उस पायदान पर थी जहाँ उसे अपना नाम नित्य संकटबोध करा देता था। अखिल जब उसे मिनी कहता था, उसे अभी भी अच्छा लगता था, हालाँकि उसे पता था अब वह मिनी नहीं मैक्सी हो चुकी है। फिर भी अखिल के पुकारने में एक निजीपन था, जिससे वह बहुधा पुलकित हो जाती थी।

सिर्फ़ एक बार उसने अखिल से अपना नाम बदलने के लिए कहा था तो अखिल ने कहा, "क्या पुकारा करूँ तुम्हें, मिनी बॉल?"

मण्टू के पैदा होने के बाद वह असमान रूप से फैल गयी थी और कद छोटा होने के कारण गोल-मटोल होने का आभास देती थी। पर इसे वह कैसे रोक सकती थी। जैसे वह वर्मा जी को मिनी जी कहने से नहीं रोक पाती। उसे एक बार फिर अफ़सोस हुआ कि न उसके पिता ने 'काबुलीवाला' पढ़ी होती, न उसका यह नाम उन्हें सूझा होता।

वर्मा जी ने मण्टू को पास घूमते कुत्ते से बचाते हुए अपने पास खड़ा कर लिया, "तुम अच्छे बच्चे हो?"

मण्टू ने जम्हूरे की तरह गर्दन हिला दी।

"अच्छे बच्चे अपनी ममी को तंग नहीं करते। अब तो नहीं करोगे?"

"नहीं", मण्टू ने फिर गर्दन हिला दी।

"अच्छा मण्टू बेटा, हमारी गाड़ी वह खड़ी है, पेट्रोल पम्प के सामने। अपनी ममी से कहो, हम अंकल के साथ गाड़ी में जायेंगे।"

मण्टू ने फ़ौरन ज़िद पकड़ ली।

मिनी खीझ गयी। निवेदन का यह स्वरूप उसे अच्छा नहीं लगा। उसने कुछ उलझन से कहा, "मैं तो अभी कुछ सामान ख़रीदती हुई जाऊँगी।"

वर्मा जी बोले, "कोई जल्दी नहीं है, चलिये साथ चलते हैं, जहाँ कहेंगी, गाड़ी रोक लेंगे।"

मण्टू उसकी साड़ी का एक कोना हाथ में दबा खींच रहा था, "अम्माँ चलो, अम्माँ गाड़ी में चलो।"

मिनी ने इस बार अपनी आवाज़ की सलवटों को दूर करने की कोशिश की, "जी नहीं, इसकी कोई बात नहीं, मुझे अपनी एक सहेली के यहाँ भी जाना है।"

वर्मा जी ने मण्टू से कहा, "पेस्ट्री खाओगे?" मण्टू ने गर्दन हिला दी। पेस्ट्री सामने आने पर उसने इतनी कसकर हथेली में पकड़ी कि उसकी सारी आइसिंग उसके हाथों में चिपक गयी। मिनी रूमाल से हाथ साफ़ करना चाहती थी लेकिन आदतन मण्टू ने कमीज़ की बाँह से मुँह पोंछा और हाथ नेकर पर रगड़ लिये।

"अम्माँ हम तुम्हारे साथ नहीं जायेंगे, हम अंकल के साथ जायेंगे।" पेस्ट्री और आइसक्रीम एक साथ बोले।

मिनी की जबरदस्त इच्छा हुई वह मण्टू को झँझोड़ दे। इसकी बजाय वह अपने जूड़े के पिन ठीक करने लगी। वैसे उसे यह अच्छी तरह पता था कि गाड़ी में बैठ

जाने से उसकी कोई हानि नहीं होगी। वारदातों के वक़्त अब गुज़र चुके थे। बहुत-से-बहुत वर्मा जी बनवारी पानवाले से उसे मीठा पान खिलाने की कोशिश करेंगे, फिर उसे ज़ीरो रोड उतार, गुनगुनाते हुए घर चले जायेंगे।

समझदार आदमी के साथ का अपना ही सुख है और अपनी ही निराशा। लेकिन इस बेआवाज़ ड्राइव से कहीं बेहतर उसे रिक्शे में ढिचर-ढिचर जाना लगता है, मण्टू के साथ तोतली गप्पें लड़ाते।

वर्मा जी के साथ-साथ मण्टू भी चौराहा क्रॉस कर रहा था। वर्मा जी ने उससे कहा, "बेटे, अपनी मम्मी को बुलाओ, वे तो पीछे रह गयीं।"

मण्टू ने पुकारा, "मम्मी।"

मिनी को गुस्सा आया। बड़ी मुश्किल से ममी कहना छुड़ाया है। नौकरानी के बच्चों की नकल में मम्मी कहने लगा था, जबकि मिनी को शुरू से 'अम्माँ' सम्बोधन अच्छा लगता रहा है। उसे याद है वह अपनी माँ को पहले अम्माँ कहा करती थी और माँ ने पीट-पीटकर उसे 'मम्मी' कहना सिखाया था। उनका ख़याल था कि गँवार माँएँ ही अम्माँएँ होती हैं।

मण्टू फुदककर वर्मा जी के बग़ल में बैठ गया। वर्मा जी ने झुककर दरवाज़ा खोला, "आइये आप भी आगे आ जाइये।"

मिनी वर्मा जी से पूछना चाहती थी, क्या उनका अपना कोई कार्यक्रम नहीं था।

मण्टू मज़े से हॉर्न बजा रहा था।

बनवारी की दुकान के पास गाड़ी धीमी करते हुए वर्मा जी बोले, "मण्टू पान खाओगे?"

"मीठी सुपारी।" मण्टू चहका।

"ममी जी से पूछो, पान खायेंगी।"

मिनी ने कहा वह पान नहीं खाती।

"पर मैंने तो कई बार आपको खाते देखा है।"

मिनी हँस दी। उसे पता था वर्मा जी यही कहेंगे, यहीं गाड़ी धीमी करेंगे और अभी प्रसन्न मुद्रा में पीतल की छोटी-सी तश्तरी उसे पेश करेंगे।

बिना किसी प्रतिवाद के उसने पान ले लिया।

मण्टू मीठी सुपारी सुरती की तरह हथेली में मसल रहा था।

यह हरक़त उसने अपनी स्कूल-बस के ड्राइवर से सीखी थी। उसकी शरारत और उसका भोलापन उसके गुलाबी रंग में कुछ इस तरह मिले हुए थे कि मिनी को

उस पर ढेर प्यार आया। इस वक़्त वह रिक्शे में बैठी होती तो मण्टू को अवश्य चूम लेती।

आग बुझानेवाली गाड़ियों के स्टेशन के पास जहाँ ट्रैफिक की बत्ती हर वक़्त लाल-पीली होती रहती है, एक आदमी साइकिल पर ढेर-से रंग-बिरँगे छींके लिये हरी बत्ती के इन्तज़ार में रुका था। पतली मूँज में जगह-जगह गाँठें लगाकर बनाये छींके दूर से सुन्दर लग रहे थे। मिनी ने सोचा बत्ती हरी होने तक छींका ख़रीदा जा सकता है। लेकिन साइकिल सवार बत्ती के पीले होते ही चल निकला। मिनी निराश नहीं हुई। छोटी-छोटी बातों पर निराश होना अब उसे बचपना लगता था। वह तो एक क्षण उसके दिमाग़ में यह बात आयी थी कि छींके के अन्दर साटन का अस्तर लगा देने से यह बड़ा सुन्दर पर्स लग सकता है, इसलिए ख़रीदने का इरादा किया था। इस वक़्त उसे महसूस हुआ चाहे वह उसमें साटन का अस्तर लगा लेती या मखमल का, ज़ीरो रोड की जैन गली में रहता तो वह छींका, हेस्टिंग्ज़ रोड पर भले ही पर्स बन जाता।

के. पी. हायर सेकेण्डरी स्कूल के पास पी. ए. सी. की लॉरी भरी खड़ी थी। खाकी टिड्डे धीरे-धीरे फुटपाथों पर, चौराहों पर छा रहे थे।

वर्मा जी प्रसन्न मुद्रा में बोले, "जब से ये नये सुपरिण्टेण्डेण्ट आये हैं, शहर में दंगे कम हो गये हैं।"

"पी. ए. सी. बढ़ गयी है।" मिनी ने कहा।

"अच्छा है, कसकर मार लगायें, स्टूडेण्टों को, सारा आन्दोलन-फान्दोलन भूल जायेंगे। जुलाई में हमारी दुकान पर आ गये थे जुलूस बनाकर, "काग़ज़ निकालो, किताबें क्यों नहीं छपने देते?" हमने दुकान-गोदाम सब खोलकर दिखा दिया, "ले जाओ भई, जो एक सीट भी काग़ज़ दिखे। यही स्टूडेण्ट-लीडर सारदा सिर खुजाते वापस चले गये।"

मिनी सड़क पर ध्यान दे रही थी।

मण्टू ने फिर हॉर्न बजा दिया।

"बेटे अपने ममी-पापा के साथ हमारे घर आओ किसी रोज़ तो हम तुम्हें बिजली का झरना दिखायेंगे।"

"झरना क्या?"

"वह जो पानी गिरता है पहाड़ों से।"

मण्टू ने पहाड़ नहीं देखे थे।

गाड़ी जैन गली के सामने रुक गयी।

मिनी ने अपनी तरफ़ का दरवाज़ा खोलने की कोशिश की, लेकिन वह खुलने की जगह लॉक हो गया।

वर्मा जी ने फ़ुर्ती से उतरकर दरवाज़ा खोला।

"आइये अखिल घर पर होंगे, कॉफी पीकर जाइयेगा।"

"फिर कभी रखिये। मुझे एक मीटिंग में पहुँचना है।" उन्होंने हाथ जोड़ दिये।

मण्टू के सिर पर हाथ फेरते हुए वे बोले, "मण्टू बेटे, अपनी ममी को लेकर हमारे घर आना, और पापा को भी।"

●

जितना तुम्हारा हूँ

लाउञ्ज से वह जगह नहीं दिख रही थी, जहाँ रघु का जहाज़ उतरनेवाला था। अच्छी जगहें पहले से ही भर गयी थीं। लाउञ्ज की काँच की दीवारों से सटी एक छोटी-सी आतुर भीड़ थी—चश्मे की शीशे साफ़ करती, एड़ियाँ उचकाती, घड़ी देखती, सूट की सलवटें मिटाती। पालम तक आते-आते कई बार श्वेता को टैक्सी में लगा था कि टैक्सीवाला उसे पालम पहुँचाने की बजाय कहीं भगा ले जा रहा है। खिड़की से दिखते सड़कों के मोड़ उसे ज़रा भी पहचान नहीं आ रहे थे। इसके पहले वह सिर्फ़ एक बार पालम आयी थी—साल भर पहले रघु को विदा देने। तब मन कुछ इस तरह सुबक रहा था कि रास्ते की ओर डबडबायी आँखें कुछ देख ही नहीं पायी थीं।

आज जब रघु की फ्लाइट उतरने में सिर्फ़ बारह मिनट बाकी थे, श्वेता को बार-बार पिछली अट्ठाईस अगस्त याद आ रही थी, जब रघु ने इस नीचेवाले लाउञ्ज में अपनी फ्लाइट नम्बर की उद्घोषणा सुनने के साथ-साथ श्वेता को बाँहों में भर लिया था, "हँसते हुए विदा दो, डार्लिंग!" वह हँस नहीं पायी थी। हँसने और रोने के बीच की स्थिति में उसके होंठ फैले थे और फिर एक उड़ते जहाज़ की थरथराहट अपने पैरों में लिये वह वापस आ गयी थी।

फ्लाइट नम्बर एनाउन्स हुआ। श्वेता झटके से आज की तारीख़ में लौट आयी थी। कस्टम काउण्टर पर यात्री आने लगे थे—सूटकेसों से लदे-फँन्दे, कन्धे पर कैमरा, बाँह पर कोट और एयर बैग लिये। कुछ हिप्पी लड़के-लड़कियाँ थे, जिनके पास सामान नाममात्र का था, लेकिन जिन्हें कस्टम-क्लियरेन्स में बड़ी देर लगी।

तभी उसे रघु नज़र आया।

वह भी लगभग तमाम यात्रियों-जैसी हुलिया में था–दोनों हाथों से सूटकेस, एयरबैग और कोट थामे। कुछ देर पहले श्वेता ने सोचा था कि जब वह रघु को देखेगी तो कहीं उत्तेजना में लाउञ्ज की दीवार का काँच उससे न टूट जाये।

रघु को उसने देख लिया था, लेकिन उससे ऐसा कुछ नहीं हुआ था।

रघु को मुख्य द्वार से बाहर निकलते देख वह झट से लाउञ्ज की सीढ़ियाँ उतर गयी।

रघु को शायद किसी के भी आने की उम्मीद नहीं थी। वह टैक्सी के इन्तज़ार में था। श्वेता को सामने पाकर वह चौंक गया, "अरे, तुम आयी हुई थीं! मुझे लिखा भी नहीं!"

श्वेता नमस्ते, हलो या मुस्कुराने-जैसा कुछ भी नहीं कर पायी। उसकी नज़र रघु के सुन्दर चेहरे पर टिकी थी, जो इस बीच कुछ और सुन्दर हो गया था।

रघु ने उसे छूने के ख़याल से हाथ बढ़ाया, तभी दन्न से टैक्सी सामने आकर रुक गयी।

"अकेली आयी हो, या साथ में कोई और भी है?"

श्वेता को हलका-सा गुस्सा आया, और कौन हो सकता था साथ में! क्या माँजी एयरपोर्ट पर आतीं अपने प्यारे गठिया, मधुमेह और क़ब्ज़ को साथ लिये, या वे दब्बू भाई साहब, जो अपनी पत्नी से दिल्ली आने के लिए मुद्रा या मंजूरी माँगते समय बेहोश भी हो सकते थे!

वह खुद कितनी मुश्किल से निकल सकी थी।

टैक्सी में रघु ने श्वेता का हाथ कसकर अपनी हथेली में जकड़ लिया।

ड्राइवर ने पूछा, "कहाँ जाना होगा साहब?"

श्वेता कहनेवाली थी, "स्टेशन", लेकिन तब तक रघु ने कह दिया, "सरदार जी, कोई अच्छा होटल् होगा?"

टैक्सी 'रनजीत' पर रुकी, तो श्वेता ठिठक गयी। उसने सोचा था पहले की ही तरह रघु ने चाय की तलब पर रेस्तराँ को होटल कह दिया है, लेकिन रघु बेफ़िक्र और आश्वस्त पोर्टिको में बढ़ गया। श्वेता का मन अचानक आलोचनात्मक हो आया। रघु सामान पोर्टर को सहेज, उसे लेकर लिफ़्ट से चौथी मंज़िल पर आ गया।

जो आदमी उनके साथ आया था, टेलीफ़ोन और इण्टरकॉम दिखा गया। रिसेप्शन और इन्क्वायरी के नम्बरों का कार्ड उसने मेज़ पर रख दिया फिर वह गुसलख़ाने में तौलिया और फ्लास्क में पानी चेक कर चला गया।

कुछ देर तक उन्हें किसी भी चीज़ की ज़रूरत नहीं पड़ी थी।

तुरत बाद रघु ने नीला सूटकेस खोलकर श्वेता के ऊपर उपहार बिछाने शुरू कर दिये थे, "यह तुम्हारे लिये है, और यह, और यह..."

ख़ुशी और चहक का ज्वार थमने पर श्वेता ने पाया, उनमें से अधिकांश चीज़ों का इस्तेमाल वह नहीं जानती। कपड़े भी अजीबोग़रीब थे—पारदर्शी नाइटीज़, पैण्टीज़ और ब्रा। माँ जी और भाभी की दारोग़ा निगाहों के बीच इनका क्या उपयोग होगा, उसने सोचा।

रघु ने चार अंगुल का एक वस्त्र निकाला, "डार्लिंग, इसे अभी पहनकर दिखाओ, हॉट पैण्ट्स। शिकागो में मेरी मकान मालकिन जब सौदा लेने निकलती थी, बस हॉट पैण्ट्स और टॉप पहनती थी। क़सम ख़ुदा की, उसे देखकर सोच नहीं सकते थे कि वह चार बच्चों की माँ है!"

रघु ने फ़ोन पर कॉफी और सैण्डविचेज़ का ऑर्डर दे दिया।

श्वेता अब भी 'कवर गर्ल आईज़' का पैकेट हाथ में लेकर देख रही थी और सोच रही थी कि इलाहाबाद में ये प्रसाधन धारण कर वह कहाँ जा सकेगी! उसे अपनी वह सँकरी, सीली गली याद आयी, जहाँ संकोचवश वह कभी चटख लिपस्टिक लगाकर भी निकलने का साहस नहीं कर पायी। उसे निराशा हुई कि रघु उसके लिए एक भी साड़ी नहीं लाया। उसने उम्मीद की थी कि कम-से-कम एक दर्जन 'वुली' साड़ियाँ सूटकेस में से निकलेंगी।

रघु ने पास आकर उसे एक नर्म जगह गुदगुदा दिया।

श्वेता को लगा—थोड़ी देर पहले भी लगा था—रघु कुछ ज़्यादा ही कुशल हो गया है। परफेक्ट-सा। पहले तो वह अकेले में भी अटपटाया-सा रहता था। छेड़छाड़ और प्रेम अँधेरे के अध्याय थे।

शुरू-शुरू में उलझन हुई थी। सहेलियों के बीच अनुभव के नोट्स मिलाने पर उदासी ही हाथ लगी थी। फिर चपलता और आवेग अपने-आप जड़ता के कोल्ड स्टोरेज में पहुँचते गये थे—माँ जी और भाभी की कड़वी गुर्राहटों के बीच।

श्वेता को महसूस हुआ, रघु ने अभी तक एक भी बार यह नहीं पूछा कि वह इस बीच कैसी थी, कैसे थी। रघु की पूरी मुद्रा एक मस्त और बेफ़िक्र आदमी की थी। साल ही भर में उसने न जाने कैसे इतनी मस्ती हासिल कर ली थी! श्वेता तो इस बीच पस्ती का पर्याय बनती गयी थी। घर अगर एक संज्ञा था, तो वह उसमें एक सर्वनाम की तरह रहती रही थी। रघु के चले जाने के बाद उसे लगा था जैसे वह रातोंरात एक अजनबी डेरे में छोड़ दी गयी है।

सुबह-सुबह भाभी उठकर कहतीं, "श्वेता, मेरे नहाने का पानी गरम कर दे।"

उसे पता था, भाभी सुबह-सुबह क्यों नहाती हैं। एक-दो बार चाय देते समय वह उनसे छू गयी थी। भाभी ने उसे डाँट दिया, "धोती बचाओ अपनी! देखती नहीं, हम मर्दों के पास से आयी हैं। नहा लें, तब छूना।"

भाभी अपने पति के लिए बहुवचन का प्रयोग करती थीं, जबकि डील-डौल में वे एकवचन भी नहीं थे।

कभी-कभी वह पड़ोस में घूमने निकल जाती और लौटकर श्वेता से पूछती, "मर्दों को खाना दे दिया?"

नहाने के बाद रेशमी साड़ी में चन्दन और सिन्दूर की बिन्दी लगा जब वह रसोई में घुसतीं, उन्हें देखकर श्वेता की समस्त कल्पना-शक्ति हतप्रभ हो जाती।

फिर माँ जी उठतीं—अपने फोड़े के लिए हल्दी के गर्म छुनछुने की फ़रमाइश के साथ।

भाई साहब जब तक अख़बार पढ़ते रहते, निहायत इत्मीनान में रहते। अख़बार ख़त्म करते ही वह एक भिन्न प्राणी होते—हड़बड़ी मचाते, तौलिया ढूँढ़ते, खीझते, झुँझलाते। घर उनकी तैयारी में इस तरह लग जाता, जैसे वह हफ़्तों के लिए बाहर जा रहे हों। लेकिन शाम तक वह फिर घर में होते। सुस्त चाल और थका चेहरा लिये वह दफ़्तर से लौटते कुछ इस शहीदाना भाव से कि उन्होंने घर के लिए प्राणों की बाजी लगायी हुई है। भाभी और माँ जी उनकी मिज़ाजपुर्सी करती हुई उनके इर्द-गिर्द मँडराती। श्वेता फ़ुरती से नाश्ता तैयार करती।

इस दैनिकता में दिलचस्पी की गुंजाइश कहाँ थी! श्वेता ने कई बार सोचा था, क्या ऊब नापने का कोई थर्मामीटर नहीं आता?

वह रघु को पत्रों में अपनी मनःस्थिति के बारे में लिखती, लेकिन सांकेतिक ढँग से। यह संकेतात्मकता उसने संयुक्त परिवार में रहते-रहते सीखी थी। यह इसलिए भी ज़रूरी थी, क्योंकि श्वेता आज तक यह तय नहीं कर पायी कि रघु कितने प्रतिशत उसका है और कितने प्रतिशत घर का! ऐसी दुविधाएँ शादी के पहले नहीं उठती थीं। जब रघु उसकी हथेली भींचकर कहता था, "सच, श्वेता अगर तुम मुझे नहीं मिलीं, तो मैं सारे शहर में आग लगा दूँगा, बाई गॉड!" तब तो लगता था, वाक़ई रघु शत-प्रतिशत उसी का है। रात के अँधेरे में वह तय करती कि रघु को वह किसी के साथ नहीं बाँटेगी... किर्च भर भी नहीं।

लेकिन अब उसे रघु की चिट्ठियाँ भी बाँटनी पड़ती थीं—सामूहिक पाठ के लिए।

भाई साहब और भाभी जब बाहर जाते थे, श्वेता का घर में रहना अनिवार्य हो जाता। उसके मनबहलाव के लिए माँ जी और उनकी दवाइयाँ पर्याप्त समझी जातीं।

न जाने इनमें से कौन-सी बातें श्वेता रघु को बताना चाह रही थी। लेकिन रघु इस वक़्त बिस्तर पर टाँगें क्रॉस कर लेटा हुआ उसे उन औरतों के बारे में बता रहा था, जिनकी शादी नाम की संस्था से आस्था हट चुकी है और जिन्होंने प्रतिक्रिया में पुरुषों के एक समूचे समूह से विवाह करना स्वीकार किया है।

रघु ने सूटकेस से एक सचित्र पत्रिका निकाली, "आओ, तुम्हें दिखायें।" फ्रेंच पत्रिका के मध्य पृष्ठ पर कुछ नग्न आकृतियाँ थीं—अलग-अलग स्थल-विशेष को उभारतीं। चित्रों में अंकित जिस्म अद्भुत रूप से ताज़े और चिकने थे।

"औरतों में तुम्हारी दिलचस्पी कुछ ज़्यादा ही बढ़ गयी लगती है!"

"तुम्हें ख़ुश होना चाहिए, नहीं क्या?"

श्वेता के मन में बड़ी ज़ोर से यह बात अचानक उठी कि रघु को शिकागो में एक ऐसी निर्लज्ज औरत के मकान में नहीं रहना चाहिए था, जो चार बच्चों के बाद भी अधनंगी घूमती थी। उसके पति ने उसे कैसे इजाज़त दे रखी थी! उसकी समझ में नहीं आ रहा था कि अपने इस ख़ूबसूरत, मस्त, जोश में फड़फड़ाते पति से वह ऐसे ज़रूरी मसलों पर बातचीत कैसे छेड़े।

बहस-मुबाहिसे की बेतकल्लुफ़ी तब भी नहीं क़ायम हो पायी थी, जब शादी के एक साल बाद रघु का मैनेजमेण्ट ट्रेनिंग पर शिकागो जाने का प्रोग्राम बन गया था।

श्वेता ने साथ जाने की इच्छा दिखलायी थी।

माँ जी ने डपट दिया था, "इतना पैसा फूँकने से मतलब? यह तो वहाँ पढ़ेगा, और तू?"

श्वेता ने रघु की तरफ़ देखा था, लेकिन रघु दीवार की तरफ़ देख रहा था।

श्वेता भी फिर दीवार की तरफ़ देखने लगी थी।

श्वेता के लिए यह कहना मुश्किल था कि यह रघु का मूल स्वभाव था कि वह उसके अन्तर्गत उसने शादी के पहले ग़ज़ब की आत्मनिर्भरता दिखायी थी।

इस प्रसंग से रघु के घरवाले भी उतने ही खिन्न थे, जितने श्वेता के।

रघु ने कहा था, "तुम सबकी सहमति माँगती ही क्यों हो? मेरे और तुम्हारे बीच तुम्हारे घरवाले क्या अर्थ रखते हैं!"

पलटकर यही बात श्वेता रघु के सन्दर्भ में नहीं कह सकी थी। उसके घर का ठीक-ठाक अन्दाज़ा भी नहीं था।

माँ जी नहीं चाहती थीं कि उनके घर मछलीभक्षी बंगाली बहू आये।

लेकिन रघु की ज़िद थी, उसके घर श्वेता ही आयेगी—श्वेता भादुड़ी।

एक दिन उसने सचमुच श्वेता को लाकर माँ जी के सामने बिठा दिया। श्वेता ने आँखें नीची किये-किये कल्पना की, एक विस्फोट की, जिसमें उसके चिथड़े उड़ जाने की सम्भावना थी।

लेकिन माँ जी ने कुछ देर उसे एकटक घूरने के बाद सोने की एक बारीक़ जंज़ीर पहना दी थी।

यहीं से प्रताड़ना का इतिहास शुरू हुआ था।

रघु ने घर में युद्धबन्दी की घोषणा के साथ-साथ सारे हथियार डाल दिये। वह माँ जी के महान् आचरण पर मुग्ध और अभिभूत था।

शायद महान् आचरण सिर्फ़ बूढ़ों की बपौती होती है।

श्रम तो श्वेता ने भी कम नहीं किया था। वह रोज़ अपनी यात्रा प्रतिकूल से अनुकूल की ओर तय करती और रोज़ वह पाती, उसे फिर वहीं से शुरू करना है, जहाँ से वह चली थी।

उसे लगता, घर में उसे महज़ प्रवेश मिल गया है, स्वीकृति नहीं।

माँ जी सुबह से घर में 'मोबाइल कोर्ट' की तरह घूमती रहतीं, उनकी अदालत में श्वेता की कई बार पेशी हो जाती।

ये कार्य अक्सर रघु की अनुपस्थिति में होते। अगर कभी वह मौजूद होता, तो उन्हें कुछ ऐसा मोड़ दिया जाता कि श्वेता के अलावा बाक़ी परिवार एकदम निरपराध सिद्ध हो जाता।

माँ जी का मनोबल बढ़ाने के लिए रघु श्वेता को सबके सामने डाँट देता। श्वेता का मन होता, वह फ़ौरन इन सबके ख़िलाफ़ एक विरोध-पत्र लिखकर हमेशा के लिए यहाँ से रवाना हो जाये। एकान्त में वह रघु से एक साफ़ और लम्बी बहस करना चाहती, लेकिन रघु वह क्षण आने ही न देता।

माँ के इतने बड़े बलिदान के बाद वह उन्हें ग़लतियों से परे मानता था। इस सबके बीच भाभी एक चिनगी की तरह कभी एक झाड़ी सुलगा आतीं, तो कभी दूसरी।

रघु एक पहुँचे हुए सन्त की तरह श्वेता को धैर्य का मूल्य बताता। तब शादी की पहली सालगिरह भी नहीं मन पायी थी, इसलिए श्वेता भी आक्रोश के उबाल को नववधू के सलज्ज आवरण में ढँक सौम्य बन जाती।

लेकिन इस वक़्त श्वेता को लग रहा था कि दाम्पत्य जीवन में ऐसी आपात् स्थिति अनियत काल के लिए नहीं चल पायेगी।

वेटर खाना रख गया, तो रघु ने सूटकेस से बोतल निकाली—चौकोर और लम्बी।

"यह रोग भी लगा लाये?"

"हाँ, और आज तुमको भी लगा देंगे! सच पूछो, तो सिर्फ़ इसके और तुम्हारे लिये मैं आज यहाँ टिक गया।"

"मेरा नम्बर पहला है, या दूसरा?"

"दिल तोड़नेवाली बातें न करो इस वक़्त!" रघु ने गिलास तैयार किये।

श्वेता ने सोचा, उसके जीवन में इसी तरह सच्ची बातें स्थगित होती रहेंगी—दिल साबुत रखने की क़ीमत।

इस वक़्त रघु ने अपने आसपास वही माहौल रच लिया था, जो विदेश में वह रचना चाहता रहा था।

लेकिन श्वेता की चेतना को एक सतह लगातार कलह मचाये थी। यह कमरा, यह एकान्त, यह नज़दीकी, यह तन्मयता, यह प्रियता, सब उसे एक रात की मिल्कियत दिखायी दे रही थीं। उसकी असली दुनिया से यह दुनिया बिलकुल कटी हुई थी, जबकि दोनों के बीच सिर्फ़ एक रेल भर दूरी थी। उसे लग रहा था, कुछ ही घण्टों बाद वह उसी जगह पटक दी जायेगी, जहाँ त्योरी और तेवर की भाषा इस्तेमाल होती है और जहाँ पहुँचते ही रघु को कुछ इस तरह हथिया लिया जायेगा कि उसके हिस्से रघु के मैले कपड़ों के सिवा कुछ नहीं आयेगा।

वह रघु से कहना चाहती थी कि उस घर में उसका मन नहीं लगता, उसका मन पिछले एक साल से नहीं लग रहा था। वह कहना चाहती थी, उसे एक समूचा रघु चाहिए, रात दस बजे के बादवाला रघु नहीं, जो अपनी धीमी फुसफुसाहटों में उसे भी दबा डालता है। वह समझ नहीं पा रही थी कि ये बातें मुँह से निकल क्यों नहीं रही थीं?

"तुम तो बड़ी कुशलता से पी रही हो... धीरे-धीरे, होश-हवास क़ायम रखते!" रघु ने कहा।

"शादी के बाद से ही होश कुछ इस तरह आया है कि जाता ही नहीं!"

"तुम लड़ने पर क्यों उतारू हो?"

"और तुम लीपापोती पर," श्वेता ने कहना चाहा, पर वह नहीं कह पायी और इस न कह सकने पर उसे अपने से नफ़रत हो आयी।

"शिकागो में जब बर्फ़ गिरने लगती थी, हफ़्तों धूप का नामोनिशान नहीं दिखता था। तब अपने अपार्टमेण्ट में बैठ तुम्हें याद करने के सिवा और कुछ नहीं किया जा सकता था।"

तत्काल श्वेता के मन में वे खुले और धूपदार दिन कौंध गये, जिनका हिसाब रघु से माँगा नहीं जा सकता था।

"और...?"

"और बस, ज़रा-सी तबीयत ख़राब होने पर घर की याद आती थी, तुम्हारी याद आती थी..."

मैं तुम्हें हमेशा किसी-न-किसी चीज़ के साथ याद आती थी?" श्वेता हँस पड़ी।

हाँ, क्योंकि जितना मैं तुम्हारा हूँ, उतना ही हवाओं का हूँ, दिशाओं का हूँ, रास्तों का हूँ, पड़ावों का हूँ, महफ़िल का हूँ...मंज़िल का..."

"उतना ही मैं चालाकियों का हूँ, चालबाज़ियों का हूँ, चापलूसी का हूँ, दक़ियानूसी का हूँ..." श्वेता के मन की यह चुभती कील बाहर नहीं झाँकी, बस, उसी की ख़ुशी के ताबूत में मज़बूती से ठुक गयी।

अच्छे ड्रिंक, अच्छे भोजन और अच्छी बातों के बाद रघु अच्छे बिस्तर पर अच्छी तरह सो गया।

अनिद्रा के अनुभव से गुज़रती श्वेता सोचती रही कि आज दोपहर रघु शिकागो से लौटकर आया था, या शिकोहाबाद से?

●

गुस्सा

इक्यावन साल की उम्र में वे अपनी उनचास साल की पत्नी से दुःखी आकर घर छोड़कर चले गये।

जिस दिन वे घर छोड़कर गये, कई घण्टों तक उनकी पत्नी को इस बात की आशंका भी नहीं हुई थी, कि यह उनका अन्तिम प्रस्थान है। वह यही सोचती रही कि वे नुक्कड़ के होम्योपैथ के यहाँ रोज़ की तरह अख़बार पढ़ रहे होंगे या रेडियो सुन रहे होंगे। फिर वह आदतन बड़बड़ाने लगी कि उन्हें कोई फ़िक्र नहीं, कि वह उनकी रोटी लिये क्या आधी रात तक बैठी रहेगी, कि वे यों चल देते हैं, जैसे घर, घर न हो कोई सराय हो। इसी झुँझलाहट और इन्तज़ार में उसे भूख भी लग आयी। और उसने अपनी थाली परोस ली। वैसे वह और इन्तज़ार भी कर सकती थी, पर इस तरह उसका अलग और पहले खा लेना पति के लिए एक धमकी थी, जो वह ख़ास नाराज़ी के वक़्त पर देती थी। फिर साथ खाने में उन लोगों की लड़ाई हो जाती थी। लड़ाई के समय वह बिलकुल भूल जाती कि वे खाना खा रहे हैं और इस समय वह चुप रहे तो बेहतर है। वह अगला-पिछला सब हिसाब चुकता करने के मूड में आ जाती। वे चुपचाप सुनते रहते और आधा खाकर उठते-उठते एक अचूक वार कर देते, "इसलिए तो तुम्हारे घर का कुत्ता तक तुम्हें छोड़ गया।"

इस वाक्य के साथ-साथ माया की बड़बड़ाहट शुरू हो जाती और घर में जहाँ कहीं भी वे बैठते, यह बड़बड़ाहट एक जिद्दी मक्खी की तरह उनका पीछा करती।

वर्षों का पालतू उनका कालू उस दिन की मार के बाद वापस नहीं आया। हुआ यह कि माया ने पति का सफ़ेद स्वेटर धोकर चटाई पर सूखने को डाला और कालू उस पर पाँव धरता हुआ बरामदे में चला गया। उसके पंजे ज्यों-के-त्यों मैले नक़्शे की तरह स्वेटर पर छप गये। जैसे ही माया को इस वारदात का पता चला वह वहशियों की तरह हाथ में लकड़ी ले कुत्ते की तलाश में घर में घूमने लगी। आख़िर उसने उसे तख़्त के नीचे सुख की नींद लेते पाया। फिर तो उसने कुत्ते को इतना मारा कि बाद में देर तक उसकी साँस फूली रही।

कुत्ता लँगड़ाता और रोता हुआ बाहर भाग गया और फिर इस गली में किसी ने उसे नहीं देखा।

पर माया को लगा इसमें उसका क्या कुसूर? आख़िर कालू ने ग़लती की थी, सजा तो उसे मिलनी ही चाहिए थी।

पर उसने यह थोड़े ही चाहा था कि वह भाग जाय। उसका ख़याल था ज़िन्दगी ने हमेशा उसके साथ अन्याय किया है।

उसके दोनों लड़के अपनी बीवियों और नौकरियों में मशगूल थे, उन्हें कभी ख़याल ही नहीं आया कि उनके माँ-बाप अपना वक़्त कैसे काटते होंगे। कभी उन्हें ज़्यादा लिखते कि उनकी याद आ रही है, तो वे एक मनीआर्डर भेज देते। उनकी बीवियाँ कभी उसे चिट्ठी नहीं लिखतीं मानो वह उनकी कुछ लगती ही नहीं। यही लड़कियाँ, जब माया उन्हें पसन्द करने गयी थी, उसकी तरफ़ आँख उठाकर देखने में भी डरती थीं। अब एक ने उससे बिना पूछे अपने बाल कटवा लिये थे और दूसरी ने तीसरी बार लड़की पैदा कर दी थी। ये सभी बातें माया को गुस्सा दिलाती थीं।

पर इनसे भी ज़्यादा जिस बात पर उसका ख़ून खौलता था, वह था उसके पति का इन ज़्यादतियों को मुस्कुराकर नज़रअन्दाज़ करना। उनका एक समर्पण-प्रधान व्यक्तित्व था और माया का आक्रमण-प्रधान। पति को न बेटों से शिकायत थी, न बेटों की बीवियों से। वे अपनी तरफ़ से हर महीने उन्हें चिट्ठी लिख दिया करते थे, बिना यह हिसाब किये कि पिछली चिट्ठी का जवाब आया या नहीं। वे बच्चों से कोई अपेक्षा नहीं रखते थे। बल्कि वे अब भी यही सोचते थे कि उन्हें, बच्चों के लिए कुछ-न-कुछ करते रहना चाहिए।

इसी चाव में उन्होंने उस दिन माया से कह दिया कि अगले महीने उन्हें अपने पहले बीमे का जो एक हज़ार रुपया मिलेगा, उसे वे दोनों बेटों में आधा-आधा बाँट देंगे। आख़िर दस साल पहले उन्होंने यह बीमा इसलिए कराया था कि बच्चों की पढ़ाई में इसकी ज़रूरत पड़ सकती थी। फिर वे सब काम उनकी तनख़्वाह से ही निकल गये। ये पैसे जोड़े गये तो बच्चों के नाम से ही।

माया भड़क गयी, "अच्छा, यहाँ सदाव्रत खुला है, जो बाँट देंगे, लुटा देंगे। उनकी मेमें एक घण्टे में बाज़ार जाकर उजाड़ देंगी। मैं जानती हूँ कैसे मैंने पाई-पाई जोड़कर घर बनाया है। हर तिमाही बीमे के लिए रुपये तो मैं ही देती थी। बस, जो है बच्चों में लुटा दो। कभी मेरा भी सोचा है, तुम्हारे बाद मेरा क्या होगा?"

वे हँसे, "अरे भई, अच्छी सधवाएँ तो यही मनाती हैं कि वे पति के रहते-रहते ही चल बसें।"

माया में मज़ाक बरदाश्त करने की क्षमता कभी भी नहीं थी। और फिर ऐसे मज़ाक! वह चिल्लायी, "तुम तो ऐसे ही बच्चों के लिए करते-करते मर-खप जाओगे, मैं कहाँ जाऊँगी, किसके सहारे जिऊँगी। ये तुम्हारी बहुएँ मुझे एक पंखा और दरी हाथ में देकर न निकाल बाहर करें तो मेरा नाम बदल देना।"

उन्होंने कहा, "नाम बदलने के लिए तब मैं तो नहीं रहूँगा, तुम्हीं कोई अच्छा-सा पण्डित बुलाकर नामकरण संस्कार करवा लेना।"

माया का गुस्सा बढ़ता ही गया था। गुस्से-ही-गुस्से में पहले उसने बर्तन पटके, फिर कुर्सियाँ एक से दूसरी जगह घसीट डालीं और बाद में बेज़रूरत सीली हुई लाल मिर्चें कूटने बैठ गयी।

ऐसे मौक़ों पर उसके पति की विनोदप्रियता सक्रिय हो जाती थी। उन्होंने पास आकर कहा, "यह क्या ओखली में मुझे डालकर कूट रही हो?"

"हाँ, हाँ तुम्हें! लो और लो, शान्ति हो जाय तुम्हें," कहते हुए उसने दनादन मूसल अपने सिर पर मारनी शुरू कर दी। अपने इस उन्माद का अहसास उसे थोड़ी देर बाद हुआ, जब उसने पाया उसके सिर में भयंकर पीड़ा है और उसका पति उसके आस-पास कहीं नहीं है।

वह परास्त सिर पकड़कर बैठ गयी।

उससे कुछ सोचा नहीं जा रहा था।

बहुत देर बाद उसने सिर पर ठण्डा पानी डाल लिया। इससे दर्द और सूजन दोनों बढ़ गयी।

बड़े कष्ट से उसने खाना बनाया और अब वह बैठी पति का इन्तजार कर रही थी।

इतना झगड़ा तो कई बार होता था। पति थोड़ी देर को बाहर जाते, आकर निःशब्द खाना खाते और बाहरवाले कमरे में तख़्त पर सो जाते।

पड़ोस के रेडियो से जब राष्ट्रीय गान सुनायी पड़ा तो माया को चिन्ता हुई। इतनी देर तो वे कभी नहीं करते थे। होम्योपैथ भी दस बजे दुकान बन्द करके सोने

चला जाता था। उसने गली के एक लड़के को भेजकर दिखवाया। होम्योपैथ की दुकान बन्द हो चुकी थी। बल्कि पिछवाड़े उसके घर की सभी बत्तियाँ बन्द थीं।

माया ने उस लड़के को गली के मोड़ पर दौड़ाया, पर उसके पति का कोई चिह्न नहीं मिला।

अब वह आशंका से भरी पूजा के कमरे में गयी और उसने भगवान् की बड़ी तस्वीर के पीछे हाथ डालकर देखा।

उसका दिल धक से रह गया।

उनकी गुटका रामचरितमानस, जिसका वे सुबह-शाम पाठ करते थे, जगह पर नहीं थी। माया को याद आया, वे अक्सर कहते थे, "देख लेना, जिस दिन मैं तुम्हारी इस किच-किच से तंग आ गया तो बस, उठा अपनी रामायण चला जाऊँगा, पीछे मुड़कर भी नहीं देखूँगा एक बार!"

वह ऊपर से नीचे तक काँप गयी और वहीं ज़मीन पर बैठ गयी। रात के इस अँधेरे में वह कहाँ जाय उन्हें ढूँढ़ने!

पड़ोस में उसका किसी से ख़ास मेलजोल नहीं था। उसे यह भी समझ नहीं आया कि तलाश वह कहाँ से और कैसे शुरू करे।

रात भर वह अपना दुखता सिर पकड़े बैठी रही और बराबर सोचती रही कि सुबह तक उनका गुस्सा ठण्डा हो जायेगा और मुँह अँधेरे दरवाज़े पर पहली आहट उन्हीं की होगी। वे रोज़ की तरह धोती और अँगोछा लेकर नल पर नहाने चले जायँगे और वह रोज़ की तरह उनके लिए चाय तैयार करेगी। पर सुबह छोड़ दोपहर हो गयी, धूप भी उतरने लगी, वे नहीं आये।

जैसे-जैसे घण्टे खिसक रहे थे, उसे अपमानित महसूस होता जा रहा था। आख़िर किस बात की सज़ा वे उसे दे रहे हैं? उसने क्या ग़लती की, अगर कह दिया कि बीमे के पैसे लड़कों को देने की ज़रूरत नहीं!

अचानक उसे लगा हो-न-हो वे ज़रूर, दो में से किसी एक बेटे के पास गये होंगे।

यह सोचकर आशा और आश्वासन के साथ-साथ उसे फिर अपमान-बोध हुआ, लेकिन वह कुछ देर के लिए चिन्ता-मुक्त हो गयी।

उसने उनके दोस्त होम्योपैथ से दोनों बेटों को तार भिजवाये कि वे बाप की पहुँच और राज़ी-ख़ुशी की सूचना दें।

इन्तज़ार की एक और लम्बी किस्त! उसके छोर पर एक के बाद एक बेटों का आकस्मिक आगमन! आते ही वे उस पर बरसने लगे कि बाबू जी कहाँ चले गये,

उसने उन्हें कहाँ भेज दिया, अब वे उन्हें कहाँ ढूँढ़ें! हिन्दुस्तान कोई इलाहाबाद का अतरसुइया तो नहीं, जो वे एक चक्कर लगा लें।

माया हक्का-बक्का रह गयी।

इस सम्भावना पर उसने विचार नहीं किया था।

जब बेटों ने गंगा पर नाववालों से जाल डालकर उन्हें ढूँढ़ने को कहा तो रुलाई के साथ उसका अवश क्रोध फूट पड़ा, "तुम लोग बच्चे होकर बाप का बुरा सोच रहे हो? अरे, वे क्यों जाने लगे गंगा जी पर, जायें उनके दुश्मन?"

बेटों ने घुड़ककर उसे एक कोने में बैठा दिया।

वे आसपास के सभी क़स्बों-शहरों में हो आये लेकिन कहीं सुराग़ नहीं मिला।

आख़िरी बार उनके पिता को गली के सब्ज़ीवाले ने देखा था पर उसकी उनसे कोई बात नहीं हुई थी। उस इलाक़े के सब रिक्शेवालों से भी पूछा गया पर कोई उन्हें बैठाकर कहीं नहीं ले गया था।

बेटे पुलिस में रिपोर्ट कर आये, अख़बारों में इश्तहार दे दिया। इन्तज़ार के अलावा और क्या किया जा सकता था!

माया हर नये प्रयत्न पर उम्मीद लगाकर दिन काटती, फिर निराश हो जाती।

बेटे उससे सलाह करना ज़रूरी नहीं समझते। आपस में तय करते और चल देते।

गली के शैतान बच्चे उसे सुनाकर कहते, "कालू भी गया, काका भी गये, उनकी जगह पर भूत आ गये।"

माया को सबकी आँखों में अपने लिये धिक्कार-ही-धिक्कार दिखता।

जैसे ही बेटों के आगे मुँह खोलती, उसकी रुलाई फूट पड़ती। बेटे झल्ला उठते, "रहने दो अम्माँ, हम क्या तुम्हें जानते नहीं हैं? तुम तो ज़बान से चाबुक का काम लेती हो।"

आख़िर तीन हफ़्ते की दौड़-धूप के बाद भी जब उनका कुछ पता न चला तो बेटों ने कहा वे जा रहे हैं, वहीं से प्रयत्न करते रहेंगे। वे बोले, अच्छा हो अगर माया उनमें से किसी के साथ चले। पर माया ने इनकार कर दिया। उसे उम्मीद थी जब भी उनका क्रोध शान्त होगा, वे इसी घर में आयेंगे।

लड़कों ने जाते-जाते उसके हाथ में कुछ रुपये ठूँस दिये और कह गये कि हर महीने वे कुछ-न-कुछ भेजते रहेंगे।

इसके बाद उसकी जो ज़िन्दगी शुरू हुई वह भयानक रूप से बियाबान थी। चेहरे की हँसी और आँखों की चमक न जाने कब उड़ गयी। द्वार पर दूधवाले के सिवा और कोई आहट कभी नहीं हुई।

कभी सुनने में आया माया के पति साधु होकर अमरनाथ में धूनी रमाये हैं, कभी सुना वे पाण्डिचेरी में स्कूल चलाते हैं। कभी सुना गया वे रेल की पटरियाँ लाँघते हुए धोती फँस जाने के कारण, वहीं मारे गये। बेटों ने इन अफ़वाहों का पीछा किया पर उनका पता न चला।

दुःख और अकेलेपन से बौखलाकर कभी माया आस-पास के घरों में बातचीत की कोशिश करती तो पाती किसी को समय नहीं है। पड़ोसी यह सोचकर कि शायद वह आर्थिक कष्ट में है, बड़े ठण्डे लहज़े में सहायता-वहायता जैसी बात करने लगते। वह झुँझलाकर लौट आती। पति के जाते ही पैसा उसके लिए व्यर्थ हो गया था। अँधेरा होते ही उसे लगता जैसे मकान में वह नहीं, प्रेत चल-फिर रहे हैं। चुप रहते-रहते उसे लगने लगा था उसकी बोलने की ताक़त ख़त्म होती जा रही है। महज़ ज़बान की हरक़त पहचानने के लिए वह रामायण खोलती लेकिन पाती कि इसका अर्थ भी उसके लिए ख़त्म हो चुका है। इससे बेहतर सुबह का समय था जब अपनी सारी पस्ती के बावज़ूद वह इन्तजार के तनाव को कुछ देर के लिए महसूस करती। एक-दो घण्टे में सारे काम निपटाकर वह खिड़की पर आ खड़ी होती और देर तक खड़ी रहती। उसके सारे बाल पक गये थे, आँखों को गली का मोड़ अब दिखायी नहीं देता था। फिर भी उसे लगता शायद वह अगला राहगीर उसके घर आयेगा या अगला या और अगला!

●

बातचीत बेकार है

यह सर्दी की शुरुआत ही थी, फिर भी सत्येन्द्र मुँह ढँककर सोया हुआ था। कुछ देर पहले उसे करवट लेते और घड़ी की दौड़ देखकर विनीता ने चाय चढ़ा दी थी। सुबह का अख़बार दरवाज़े के नीचे से झाँक रहा था। दो उँगलियों से विनीता ने उसे अन्दर सरका लिया। पहले पन्ने पर, फूल-मालाएँ पहने, प्रधानमन्त्री की ख़ुशनुमा तस्वीर छपी थी। आज उनका जन्म-दिन था और उन्होंने इस जन्म-दिन पर भी पिछले वर्ष की तरह एकान्त की इच्छा व्यक्त की थी। वे प्रधानमन्त्री हैं; वे एकान्त माँग सकती हैं, वे कुछ भी माँग सकती हैं। विनीता घर की घुड़साल में बँधी एक सामान्य औरत है, वह कुछ भी नहीं माँग सकती। यह तक नहीं कि अगर चाय बन गयी तो कन्धा हिलाकर सत्येन्द्र को उठा दे, ताकि चाय में डाली यह दुर्लभ चीनी बेकार न जाय।

सत्येन्द्र फिर सो गया था, कुछ इस तरह कि रजाई में से उसका कोई भी अंग बाहर नज़र नहीं आ रहा था। उसके साथ-साथ बिट्टू भी गहरी नींद में पड़ा था। बिट्टू दस बजे उठता है, सत्येन्द्र आठ बजे। इन सबसे दो घण्टे पहले विनीता का दिन शुरू होता है, बाहर के दरवाज़े पर कुण्डी की पहली खड़खड़ाहट के साथ। जब तक सत्य और बिट्टू उठते हैं, उसके लिए दिनारम्भ की सारी नवीनता समाप्त हो चुकती है, फिर उसकी इच्छा होती है, ये दोनों लाइन बाँधकर अपने सब काम कर डालें, यों अलसाते हुए, कमरे को खादड़ बनाते न बैठे रहें।

उसने दोनों प्याले चाय एक के बाद एक पी डाले और काफ़ी यत्न किया कि वह अख़बार न पढ़े। आजकल अख़बार उसे खिन्न कर देता था पर वह क़ामयाब नहीं हो पायी। पहले पृष्ठ के दूसरे कॉलम में लिखा था : 'प्रदेश में किसानों से गेहूँ की अभूतपूर्व वसूली।' सातवें कॉलम में ख़बर थी, 'किसानों का रवैया देखते हुए सरकार ने भारी मात्रा में विदेश से गेहूँ आयात करने का निर्णय लिया है।' पहले ही पृष्ठ पर नीचे डबल कॉलम में ख़बर थी, 'ट्रक कर्मचारी यूनियन के सहयोग में पेट्रोल की आकस्मिक हड़ताल, उपभोक्ताओं को भारी असुविधा।' तीसरे पृष्ठ पर लिखा था, "पेट्रोल वितरण पूर्ववत्।" विनीता को हँसी और झुँझलाहट एक साथ आ गयी। फिर उसे लगा, ये विरोधाभास स्वाभाविक हैं। प्रेस को जीवित रहना है तो सरकार की चापलूसी करनी होगी और अगर प्रेस स्वाधीन देश का प्रेस है, तो उसे जनता की आवाज़ बुलन्द करनी होगी। उसका अपना जीवन ऐसी ही परस्पर विरोधी बातों से भरा हुआ है। बच्चा उसे तंग करता है, बच्चा उसे सुखी करता है। सत्य उससे लगातार लड़ता है, सत्य उसे लगातार प्यार करता है।

आज भी सत्य को दफ़्तर पहुँचने में देर हो जायेगी। तीन दिन से वह देर में जा रहा है। तीनों दिन लूथरा साहब उसकी आधे दिन की कैजुअल लगा चुके हैं। शायद इसीलिए वह देर में जाता है। शुरू-शुरू में इन्हीं लूथरा साहब का हवाला वह 'विलक्षण मानवीय' आदि विशेषणों से दिया करता था। उनका फ़ोन आने पर इतवार को भी दफ़्तर पहुँच जाता था।

दरअसल हम सब मूर्ति-पूजा के हिमायती हैं, विनीता ने दूसरी बार चाय चढ़ाते हुए सोचा। सिर्फ़ इतना है कि ज़्यादा भक्ति से कुछ मूर्तियाँ बुरी तरह घिस जाती हैं। वह स्वयं भी मूर्ति-पूजकों में शुमार होती हैं। उसे याद है, उसने करोड़ों बेवकूफ़ औरतों की तरह शुरू-शुरू में सत्य को देवता के रूप में अपने सामने प्रतिष्ठित किया था। अपनी बहनों को इसकी सूचना भी दे दी थी। यह तो उस पर दो महीने बाद ही जाहिर हुआ था कि यह देवता भी कमीज़ में बटन न होने पर उतनी ही ज़ोर से चिल्लाता है जितनी ज़ोर से पड़ोस का परमेश्वरीलाल। वैसे उनकी पहली झड़प, बटन को लेकर नहीं, खाने की चटाई पर हुई थी। सत्य ने सब्ज़ी की कटोरी को पूरी तरह टेढ़ा किया, "यह पानी में बनायी है?" विनीता भुन गयी। उसकी सारी शाम रसोई में स्टोव से जूझते बीती थी। जवाब दिया, "नहीं, थूक में।"

रायते को लस्सी की तरह एक ही घूँट में सत्य पी गया और घोषणा कर दी, "और कुछ नहीं खाऊँगा।"

गृहयुद्ध की नीति के अन्तर्गत विनीता थाली रसोई में पटक आयी और सोने का अभिनय करने लगी।

बस, इसी तरह सुख और तसल्ली के सिक्के उसकी हथेली से खिसकते चले गये थे।

सत्येन्द्र ने आदतन पलँग के नीचे हाथ लटकाया और सिगरेट का पैकेट और माचिस पकड़ ली। दिन की पहली सिगरेट का आधा हिस्सा वह नींद-ही-नींद में पीता है। एक बार इसी तरह नींद के झोंके में उसने अपना तकिया जला डाला था। जलती रुई की बू से वह जागा था, एक क्षण अचम्भे से जलती सिगरेट और उठते धुएँ को देखा, फिर तकिया उठाकर खिड़की से बाहर फेंक दिया।

विनीता चाय के दो प्याले लेकर आ गयी। सत्येन्द्र अख़बार का पहला पन्ना पढ़ रहा था, यह जानते हुए भी विनीता उसे थोड़ी देर पहले पढ़ी हुई छोटी-छोटी ख़बरें सुनाने लगी। दरअसल वह अपने आसपास की चुप्पी तोड़ना चाहती थी। सत्य पर कोई प्रतिक्रिया न देख वह मन-ही-मन मुँह बिचकाती उठी और रेडियो खोल दिया। समाचार ख़त्म होनेवाले थे, अन्त में खेलकूद के बारे में कुछ कहा जा रहा था, जिसमें विनीता की कोई रुचि नहीं थी।

सत्य ने प्याला खाली करने के साथ ही अख़बार भी खुला पटक दिया, ''क्या तुम सारा दिन सरकार वाणी सुनती रहती हो?''

''और क्या करूँ?''

सत्य कहने को था, ''अख़बार पढ़ा करो।'' लेकिन रुक गया।

वह स्लीपर घसीटता गुसलख़ाने में चला गया।

बिट्टू को दो-चार बार चूमकर विनीता ने जगाने की कोशिश की, पर फिर वह रसोई में चली गयी।

रसोई में करने को कुछ ख़ास नहीं था। रात की बची दाल के पराठे वह सेंक चुकी थी। अब उन्हें नाश्ता और खाना समझकर खा लेना था। यह 'ब्रन्च' का चोंचला नहीं था, रसोई के खर्च में शुद्ध कतर-ब्योंत थी। इसके बाद सत्य जब शाम को आयेगा, तब खाना बनेगा। घर-खर्च पर ऐसी छोटी-छोटी कैंचियाँ चलाना, विनीता को वक़्त सिखाता गया था, लेकिन उसे बड़ा करुण और भयावह तब लगता, जब वह पाती बिट्टू भी इन कटौतियों से समझौता करना सीख रहा है।

चाय और पराठे के साथ सत्य एक बार फिर अख़बार का पारायण करने की कोशिश करने लगा। विनीता ने घड़ी की ओर देखा और झुँझलाहट से भर गयी। यह आदमी अब साढ़े नौ बजे निकल जायेगा, उठने के बाद से वह विनीता से बमुश्किल चार वाक्य बोला होगा; विनीता पालतू कुत्ते-सी छोड़ दी जायेगी घर की रखवाली के लिए। शाम को जब वह लौटेगा, चाय के फ़ौरन बाद दायीं बाँह से आँखें ढाँप लेट जायेगा, थकान उतारने या बिट्टू को कुछ और गालियाँ सिखाने की कोशिश में लग

जायेगा। फिर खाना बनाने का वक़्त हो जायेगा। दिन का शायद ऐसा कोई भी हिस्सा नहीं था, जब वे संवाद की स्थिति में पाये जायँ। कभी-कभी पैसे और लूथरा साहब को लेकर उनकी आवाज़ भुन-भुन करती निकलती है, अन्यथा उनका सम्बन्ध तेज़ी से अवाक् होता जा रहा है। पिछले दिनों के बारे में सोचने की बेवकूफ़ी विनीता न भी करे, तो भी उसे लगता यह कैसा रिश्ता है, जहाँ संवाद ख़त्म है, सहवास जारी है।

बिट्टू क्योंकि दस बजे उठा, इसलिए जागते ही चुस्त हो गया। उठते ही तकिये के नीचे से कंचे ढूँढ़ने के चक्कर में उसने सारा बिस्तर रौंद डाला, फिर तकिया ज़मीन पर पटक दिया। चौथाई बोतल दूध पीकर उसने मुनादी कर दी, ''बस, बोतल धो दो।'' फिर फ़िल्मी अन्दाज़ में थोड़ी ढिशुं-ढिशुं कर वह एक बढ़िया-सी गाली विनीता को देता हुआ बिस्तर से कूद गया।

सुन्दर और शाश्वत संचारी-भावों की अवहेलना करते हुए विनीता का सारा वात्सल्य रस सूख गया।

बिट्टू सारे कमरे में एक चुनौती की तरह मँडरा रहा था। अन्त में उसने ज़मीन पर पड़े तकिये पर अपना पाजामा खिसका मुत्ती की और आँगन में भाग गया। विनीता को एक बार फिर अचम्भा हुआ कैसे कल तक यह गुलगुला-सा बेआवाज़ बोझ, इस क़दर बेक़ाबू और बदमाश बन गया है। लोगों के बच्चे घरों में ड्राइंग बनाते पाये जाते हैं, नमस्ते करते पाये जाते हैं, कविता सुनाते पाये जाते हैं, बिट्टू मल्लयुद्ध करता।

किसी तरह हाथ-मुँह धुला उसे स्कूल के लिए तैयार किया, लेकिन बालों में तेल लगाने को वह ज़रा भी तैयार नहीं था। हारकर वैसे ही बिखरे बालों वह उसे बस में चढ़ा आयी। लौटते हुए रास्ते में चौक पड़ता था। एक दुकान पर साबुन मिल रहा था। बेहद भीड़ थी। लोग उचक-उचककर साबुन ख़रीद रहे थे। विनीता ने सोचा क़ीमत पूछ लें। फिर इरादा छोड़ दिया। बिना पैसे पास हुए क़ीमतें पूछना एक बेहूदा शग़ल था।

घर जाकर वह उसी अस्त-व्यस्त बिस्तर पर पड़ गयी। कुछ ही देर बाद उसे लगा, आँखें बन्द कर लेना सो जाने की कोई शर्त नहीं होती। आँखें बन्द कर जागते रहने से दिमाग़ को आराम नहीं मिलता, वरन् वह तन जाता है। वही रोज़ का असन्तोष और अफ़सोस गीले कम्बल-सा आकर उसके ऊपर गिर गया। उसे लगा वह ख़ैरियत से नहीं है, कभी भी नहीं थी।

उसने आँखें खोलीं। अगल-बगल काम-ही-काम था; बेमज़ा कामों का एक बेढंगा अम्बार। उसका मन हुआ अपनी चप्पलें पहन भाग जाय, इस रौंदे हुए बिस्तर और

भिनके हुए कमरे से दूर! पर कहाँ...। इस शहर में उसका कोई मित्र नहीं था। किसी भी शहर में उसका कोई मित्र नहीं था। उसे लगा, शादी से पहले वह सिर्फ़ अकेली थी, अब वह अकेली के साथ-साथ असहाय भी है। शायद साहित्य में इसी विवाहोपरान्त स्त्री को अबला कहा गया है। उसने पाया इन चार सालों में उसका कार्यक्षेत्र सिर्फ़ रसोई और प्रसूतिगृह रहे हैं। जैसे-तैसे वह उठी और मरियल चाल से घुड़साल को घर बनाने की कोशिश में लग गयी।

प्यार के बाद

यह उन दिनों की बात है जब वे प्रेम को पेस्ट्री की तरह चबाकर ख़त्म कर चुके थे। इससे ज़रा पहले वे शहर में हर कहीं, एक-दूसरे का हाथ पकड़े या कमर जकड़े मिल जाते थे। कई बार वे कोज़ीनुक के चौड़े दालान में कॉफी की कई प्यालियाँ, एक-दूसरे को घूरने और सहलाने के चक्कर में ठण्डी कर चुके थे। इतने खुले अहाते में, बहती सड़क के सामने प्रेम कर सकना वाक़ई दिलेरी का काम था और वह भी इस छोटे, फिसड्डी शहर में। यह शहर तो लड़की का ऊँचा ब्लाउज़ या नीची साड़ी भी बर्दाश्त नहीं कर सकता था। औरतों का बासी, मनहूस और अधेड़ दिखना, शायद इस शहर की नैतिकता का एक अनिवार्य अंग था। एक ही साइकिल पर आगे-पीछे बैठे हुए वे दोनों, शहर के लिए, एक धमकी थे। पर उन्हें इसका अहसास नहीं था। वे तो खादी भण्डार के शोख़ कुरतों में कहीं भी पाये जा सकते थे। इस प्रेम से सारा शहर ख़फ़ा था। यहाँ प्रेम का एक सुविधाजनक रूप ही प्रचलित था जिसके अन्तर्गत स्त्रियाँ अपने हाईस्कूल पास देवर को आँख-वाँख मार लेतीं और पुरुष अपने दोस्त की बीवी के चेहरे पर हँसी देखने के लिए उसके बच्चे को गुब्बारा दिला देते। ऐसी हरक़तों से न तो गृहस्थी की दीवारें हिलतीं, न प्रेम को नदी-नाले फाँदने पड़ते और न ही शहर को बर्रें काटतीं। पर ये लोग तो प्रेम में क्रान्ति लाने पर तुले हुए थे। बी. एन. रामा में वे रोज़ मशीन पर खड़े हो अपना वज़न लेते; पहले एक खड़ा होता, फिर दूसरा और आख़िरी बार वे दोनों एक साथ खड़े हो जाते। दुकानदार ने पहले

उन्हें इस हरक़त पर टोका पर फिर उन दोनों का संयुक्त वज़न एक अकेले स्वस्थ आदमी के वज़न से कम ही था। बस इसी बात में वे शहर के अन्य प्रेमियों से मिलते थे। उनका स्वास्थ्य कमज़ोर था। प्रेम में स्वास्थ्य क्यों ख़राब हो जाता है; इसका उत्तर किसी के पास नहीं था। ख़ुद उनके पास भी नहीं। हालाँकि उनमें से एक हमेशा सोडामिण्ट की गोलियाँ पास रखता था और दूसरा विटामिन बी काम्प्लेक्स की।

जैसे ही हमें इस प्रेमी जोड़े का पता चला, हम भागमभाग उन्हें देखने पहुँचे। जैसे-जैसे हम प्रौढ़ हो रहे थे, दूसरों में हमारी दिलचस्पी बढ़ती जा रही थी। अब तो अकसर हमारे अन्तरंग क्षण वही होते जब हम औरों की बातें करते। पर जिस दिन हमने उन्हें देखने का प्रोग्राम बनाया, वे उस दिन पाये नहीं गये। पता चला वे प्रेम-ही-प्रेम में शहर-बाहर चले गये हैं। हमें छह-सात मिनट तक ऐसी निराशा हुई जैसी कि 'मेरा नाम जोकर' के हॉल के बाहर हाउस-फुल की तख़्ती देखकर हुई थी। फिर हम पान चबाते हुए घर आ गये। घर पर हमारे पास मन लगाने को रेडियो था, रसोई थी, किताबें थीं और पड़ोस से आती लड़ाई की आवाज़ें। खाना खाने के बाद आकाशवाणी के समाचार सुनते-सुनते हम आदर्श दम्पती की तरह सो गये।

सुबह उठने के साथ ही हमारी दुनिया रोज़ की तरह फैल गयी। हम दोनों को साढ़े नौ बजे तक तैयार होना होता था और घर में गुसलख़ाना एक ही था। इतने वक़्त में हमें दो बार चाय भी लेनी होती और नाश्ता भी। दरअसल हम जिसे सौजन्यतावश नाश्ता कहते थे वह खाना था और जो खाना हम अपने-अपने डब्बों में दफ़्तर ले जाते थे, वह नाश्ता। हम सुबह भर-पेट पराठे खा लेते और फिर दफ़्तर में जब सब लोग लुका-छिपाकर अपने पराठे खा रहे होते, हम शान से डबलरोटी और मक्खन निकालते। शाम को दिनभर के ख़र्च का हिसाब लगाते, रिक्शे में धचड़-धचड़ हम वापस आ जाते। अलग-अलग दफ़्तरों में काम करने का एक फ़ायदा था कि अक्सर हम अपना काम एक-दूसरे को बढ़ा-चढ़ाकर बताते।

दफ़्तर में मच रही हलचल से एक दिन पता लगा कि जल्द ही हमारे यहाँ पिछले सालों के महँगाई-भत्ते का बकाया मिलनेवाला है। सुनकर मुझे अच्छा लगा। मैंने फ़ौरन काग़ज़ के पुर्ज़े पर जोड़कर देखा कि उसे मिलाकर मेरा बैंक-बैलेन्स सत्रह सौ हो जायेगा। मुझे सारा दिन अच्छा लगा।

शाम मैंने विलास को बताया। वह एकदम उत्साह में आ गया, "इसका मतलब, अगले महीने हम ख़ूब ख़र्च करेंगे।"

मैंने कहा, "नहीं, अगले महीने हम अपना बैंक-बैलेन्स बढ़ायेंगे।"

उसे बात पसन्द नहीं आयी। वैसे भी जीवन में उसका रुख ख़र्च से ख़ुशी हासिल करने का है; मेरा संग्रह से। इसी, रस्साकशी में हमारी शामें बीतने लगीं। मैंने तंग आकर कहा, "आख़िर तुम लेना क्या चाहते हो!"

"जैसे हम कूलर ख़रीद सकते हैं।"

"सारा दिन तो दोनों बाहर रहते हैं, घर क्या नौकर के लिए ठण्डा करोगे!" मैंने हँसी उड़ायी।

उसने कहा, "तुम्हारे लिये कॉण्टैक्ट लेन्सेज़ लिये जा सकते हैं।"

"वह मैं आज़मा चुकी हूँ, मेरी आँखों में पानी आ जाता है।"

"तो हम अगली छुट्टियाँ पहाड़ पर बिता सकते हैं।" उसने कहा।

मैंने मुँह बनाया, "पाण्डे साहब ने कहा है इस साल किसी को छुट्टी नहीं मिलेगी।"

विलास चिढ़ गया। उसने कहा, "ठीक है, हम कुछ नहीं ख़रीदेंगे, कहीं नहीं जायेंगे, हम तुम्हारा बैंक-बैलेन्स बढ़ायेंगे।"

यह बस मेरी कमज़ोरी है। विलास अगर चिढ़कर प्रसंग बन्द कर दे तो उसका मूड ठीक करने के लिए मैं कोई भी मूर्खता कर सकती हूँ। ऐसी मूर्खता से प्रेरित होकर ही मैंने उस दिन सुबह अख़बार में वह इश्तहार दिखाया था जिसमें एक जापानी टेपरिकॉर्डर बिकाऊ था।

विलास ने ठण्डेपन से कहा था, "इसका क्या करेंगे?"

मैंने कहा, "सहगल के गाने रिकॉर्ड करेंगे और अपनी-अपनी माँओं की आवाज़ें।"

मैंने अपनी डायरी में पता लिख लिया और विलास से कहा कि पाँच बजे वह मुझे दफ़्तर के बाहर से ले लें।

शाम को जब हम कर्नलगंज के लिए चले, मेरे पर्स में भत्ते के आठ सौ रुपये थे।

रास्ते में विलास मुझे समझाता रहा था, "यों ही मत लपक पड़ना, चीज़ की अच्छी तरह पड़ताल करने देना। अकसर ऐसे लोग ठग होते हैं।"

मुझे पता था यह विलास अपने-आपसे कह रहा था। पर हमारी हर ख़रीद ऐसे ही होती थी, हिदायतें मुझे मिलतीं, श्रेय उसे।

जिस मकान के आगे रिक्शा रुका वह ख़ास नया नहीं था। उसकी बनावट शहर के अन्य मकानों-जैसी ही थी, कल्पनाहीन और रुचिहीन। कुछ देर अजनबियों की तरह हम मकान को सूँघते रहे। फिर हमने देखा, सीढ़ियों के पास, अख़बार के काग़ज़ से बना एक तीर और बग़ल में लाल पेन्सिल में लिखा एस. आर. साहनी।

खुले दरवाज़े से होते हुए हम बरामदे में पहुँचे जहाँ कम-से-कम डेढ़ सौ क़िस्म के कैक्टाई छोटे-छोटे गमलों में उगे हुए थे। मैंने विलास से कहा, "शायद ये भी बिकाऊ हों।"

हमारी आवाज़ सुनकर कोई बाहर आया। वह एक दुबला-सा लड़का था। मैंने फ़ौरन अंग्रेज़ी के कुछ चुस्त फ़िकरों में अपना मन्तव्य बताया। वह हमें अन्दर ले आया। वहाँ शायद कोई और ग्राहक भी बैठा था क्योंकि टेपरिकॉर्डर उसके सामने खुला रखा था। उस ग्राहक ने उठते हुए कहा, "ये दाम तो बहुत ज्यादा हैं, सौ-डेढ़-सौ से कम नहीं हो सकते?" साहनी ने कहा, "नहीं", और हमारी तरफ़ ध्यान देने लगा। टेपरिकॉर्डर की विशेषताएँ बताने के बाद उसने उसे चला दिया। रसूलनबाई की ठुमरी बीच से चल पड़ी। साहनी ने कहा यह उसने सीधे जापान से ख़रीदा था। उसे चालाकी नहीं आती। उसने कस्टम अधिकारियों को अपना सब सामान दिखा दिया था। जिसकी वजह से उसे काफ़ी कर देना पड़ गया। मुझे लगा, लड़का अपनी उम्र से ज़्यादा समझदार है। इसीलिए वह भूमिका बना रहा था।

तभी पाजामा कुर्ते में एक लड़की अन्दर के हिस्से से कमरे में आयी। उसे देखकर लगा वह इस शहर की नहीं होगी, न ही इस प्रान्त की। कुछ देर वह हमारी बातें चुपचाप सुनती रही, फिर बोली, "यह तो हम ज़बरदस्ती बेच रहे हैं।"

मैं मन-ही-मन चिढ़ी, "तो इश्तहार क्यों दिया था अख़बार में!"

साहनी टेपरिकॉर्डर के पूरे आठ सौ माँग रहा था। विलास ने एकदम राज़ी होने की मुद्रा बनायी। वह उन लोगों में से है जो कभी मोल-भाव नहीं कर सकते और जो दूसरों की हर बात सच मानकर चलते हैं। पर मैं इसके लिए तैयार नहीं थी कि मेरे पर्स से पूरा-का-पूरा रुपया यों एक क्षण में निकल जाय। मेरे जोश का तो कचूमर ही निकल गया। मैंने कहा, "वैसे इसे ख़रीदने को हम ज़्यादा उत्सुक हैं भी नहीं। हम सोचकर जवाब देंगे।"

विलास ने चिढ़कर मेरी ओर देखा। मैंने चेहरा सख़्त बना लिया।

तभी उस लड़की ने कहा, "हमारे पास कुछ क्रॉकरी और कटलरी भी है, क्या आप देखना चाहेंगे।"

मैं फ़ौरन उत्साह में आ गयी, इसलिए नहीं कि हमें उनकी ज़रूरत थी बल्कि इसलिए कि मैंने सोचा दो-चार प्लेटें ख़रीदकर हम यहाँ से निकल चलेंगे।

वे लोग हमें अन्दर के कमरे में ले गये। वहाँ ज़मीन पर दो बिस्तर लगे हुए थे और काफ़ी सामान इधर-उधर गत्ते के बड़े डब्बों में बन्द पड़ा था।

मैंने पूछा, "क्या आप शहर छोड़ रहे हैं?"

लड़का बोला, ''नहीं, यहाँ आये हमें कुछ ही महीने हुए हैं। अभी तो हम पूरी तरह जमे भी नहीं हैं।''

मैंने मन-ही-मन कहा, ''इस तरह घर की चीज़ें बेचते रहे तो जल्द ही, जमना क्या, उखड़ना शुरू हो जायेगा।''

उनके पास एक ख़ूबसूरत डिनर सेट था, नर्म, नीले रंग का, जिस पर पीले और गुलाबी रंगों में हलकी पच्चीकारी थी। सेट का एक-एक पीस फूल-जैसा हलका था। ऐसी क्रॉकरी हमारे हाथों में कभी नहीं गुज़री थी। हमारे यहाँ तो काँच के मोटे, बदसूरत प्याले थे जिन्हें ज़्यादा देर पकड़ने से उँगली का मलीदा बन जाता था। पर सेट का दाम सुनकर तो हमारे होश उड़ गये। वह साढ़े नौ सौ का था।

मैंने अपने को बुरी तरह फँसा महसूस किया। मैं फ़ौरन यहाँ से चल देना चाहती थी।

पर विलास उन लोगों से खोद-खोदकर सवाल पूछ रहा था। इसी चक्कर में उसने पता लगा लिया कि साहनी के ये बेरोज़गारी के दिन थे जिन्हें वह जापान-प्रवास से लायी चीज़ें बेचकर निकाल रहा था। हिन्दुस्तान वापस आते ही उसे कलकत्ते में यह नन्हीं-सी बंगालन मिल गयी थी। हाल ही में वे लोग बनारस के विश्वनाथ मन्दिर में शादी करके लौटे थे।

बहरहाल इस सारी लम्बी बातचीत का परिणाम यह हुआ कि जब हम वहाँ से उठे तो टेपरिकॉर्डर हमारे रिक्शे में लदा हुआ था और विलास कह रहा था कि हम लोग भी सिविल लाइन्स से लॉपचू चाय पत्ती लायेंगे। वह इस तरह ख़ुश था जैसे उसे मुफ़्त ही यह टेपरिकॉर्डर मिल गया हो। मैं ऐसी भुनी हुई बैठी थी कि मन हो रहा था एक धक्के से टेपरिकॉर्डर नीचे गिरा दूँ। पर मैं अपनी सारी सहनशक्ति लगाकर अपने को फट पड़ने से रोक रही थी।

उस दिन, दिन भर घर में तमाशा बना रहा। विलास ने मुहल्ले के सारे बच्चे इकट्ठे कर लिये और उनकी सम्मिलित काँव-काँव रिकॉर्ड कर ख़ुश होता रहा। फिर उसने नौकर पर नाराज़ होते समय मेरी आवाज़ रिकॉर्ड कर ली और जब मैं रेडियो से जयमाला कार्यक्रम सुन रही थी, सबसे ऊँचे सुर में बजा दी। देर तक मैं उस मनहूस सुबह को कोसती रही जब मैंने अख़बार में यह विज्ञापन देखा था। मेरी आत्मा पहली बार इतनी सन्तप्त हुई थी।

दो-तीन दिन बाद कहीं, मेरा गुस्सा कुछ ठण्डा हुआ। मैं वापस दफ़्तर और दड़बे की दुनिया में व्यस्त हो गयी। हम लोग फिर से सिविल लाइन्स के अर्थहीन चक्कर काटने लगे और फिर शनिवारों को घटी दरों पर फ़िल्में देखने लगे।

एक ऐसी ही ठाली शाम हम 'कोज़ीनुक' में विलास के दोस्त बलराज मैनी के साथ बैठे कोक पी रहे थे कि बलराज क़रीब-क़रीब चिल्लाया, 'अरे, वो रहे कबूतर!''

इधर-उधर देखकर भी हम नहीं देख पाये तो बलराज बोला, ''तुम्हें अभी तक नहीं मालूम! शहर ने इन आशिक़ों का नाम कबूतर रख दिया है।''

तब तक एक रिक्शा पास से गुज़रा, उसमें साहनी और बंगालन थे। उन लोगों का ध्यान शायद इस ओर नहीं था। वे रिक्शेवाले से कुछ कह रहे थे। हम उन्हें फ़ौरन पहचान गये।

मैंने कहा, ''अब कहाँ के कबूतर। अब तो इनकी शादी भी हो गयी।''

'हैं, कब'', बलराज ने ताज़्जुब में गर्दन आगे बढ़ायी, ''इनकी साइकिल कहाँ गयी, रिक्शे में कैसे उज़बक लगते हैं।''

''बेच खायी होगी,'' मैंने मुँह बिचकाया।

बलराज बात नहीं समझा। वह देर तक रिक्शे को जाता हुआ देखता रहा। फिर हताश आँखों से वह सिर के ऊपर छाये पेड़ में इमलियाँ गिनने लगा।

हम कुछ नहीं बोले। हम शायद उबर रहे थे। हमने नहीं सोचा था कि शहर के इतने प्रसिद्ध प्रेमियों से हमारी मुलाक़ात इतनी अनाटकीय होगी या इस क़दर फिस्स जायेगी। हम तो मान बैठे कि उन प्रेमियों को देखकर हमारा ख़ून भी हरक़त करेगा और हमें इस दृश्य में चाट खाने का-सा मज़ा आयेगा। पर अब हमारा सारा इन्तज़ार व्यर्थ हो गया था। हम उतने ही जड़ और अपरिवर्तित बैठे थे मानो अभी-अभी रिक्शे में यहाँ से बाबू भोलाप्रसाद गुज़र गये हों। एक बात जो अब भी हमारी समझ में नहीं आ रही थी वह यह कि प्रेम में पड़ा आदमी कैसे इतना कारोबारी हो सकता था। पर शायद हम ही ग़लत थे। शायद वे तब तक प्रेम में से निकल आये थे।

●

पीली लड़की

वह दुबली थी। मेरे लिये यह आकर्षण परिचय करने के लिए काफ़ी था। शायद इधर कई सालों में हमारे मुहल्ले में वह पहली दुबली विवाहित महिला थी। नहीं तो अक्सर मैंने यही देखा था कि विवाह लड़कियों को स्वास्थ्यवर्द्धक ओषधि की तरह फ़ायदा करता था। दरअसल उसके लिए महिला शब्द क्रूर बैठता था। उसकी आँखों के खोयेपन और चाल के हलकेपन से वह मुझे इण्टर में पढ़नेवाली लड़की अधिक लगी। बल्कि ममी ने मुझसे कहा भी, ''यह कौन-सी कसरत करती होगी, बबली?''

ममी अपने बदन पर लगातार चढ़ती चर्बी से आक्रान्त थीं और उनको पक्का यक़ीन था कि कोई-न-कोई कसरत ऐसी ज़रूर होती होगी जिससे उनका बदन वापस कुँवारियों-जैसा हो जाय। ममी ने कहा, ''देखना इसका पति ज़रूर मोटा और काला होगा।''

ममी ने अपने अनुभवों के आधार पर ज़िन्दगी में कुछ नुस्ख़े गढ़ लिये थे जिन्हें वे जहाँ-तहाँ फिट करती रहती थीं।

मैं पहले ही देख चुकी थी। मैंने कहा, ''नहीं ममी, उसका पति तो गोरा और पतला है, स्कूली लड़कों-जैसा, जिसकी बनियान हमेशा एक या दो नम्बर छोटी होती है।''

मैंने सोचा था मेरे पहल करने पर वह ख़ुशी दिखायेगी। इसलिए शाम मैं एक बड़बोले मूड में उसके घर गयी। पर उसने सिर्फ़ दो-चार औपचारिक बातें कर मुझे चाय पिला दी।

मुझे अच्छा नहीं लगा।

मैं हर समय ध्यान आकर्षित करने की आदी थी। कॉलेज में लड़कियाँ मुझे सिर पर उठाये थीं, घर पर ममी-पापा। मैं प्रिन्सिपल के ख़ास लोगों में से थी। इसके आगे मेरी दुनिया का फैलाव नहीं था। इसके आगे मुझे चेतना भी नहीं थी। मैं अपने को सन्तुष्ट पाती थी। जानती थी, कुछ ही महीनों में ममी कहीं-न-कहीं से एक अच्छा-सा लड़का ढूँढ़कर ब्याह भी कर देंगी। मैं हर तरह से निश्चिन्त थी।

इसके बाद मैंने उससे मिलने की कोशिश नहीं की। मैं वापस अपनी दैनिकता में घुस गयी जहाँ लेक्चर थे, लाइब्रेरी थी, कनाट प्लेस था और ओडियन। गली-मुहल्ले की सामाजिकता से मैं ऊपर थी।

एक दिन मैं कॉलेज से जिस बस में वापस आ रही थी उसी में उसका पति भी था। शक्तिनगर के चौराहे पर जब मैं उतरी तो उसके पति ने बिना किसी सिलसिले के मुझसे कहा, "आप कहीं पढ़ाती हैं?"

"जी।"

"मैं भी इसी साल यूनिवर्सिटी में नियुक्त हुआ हूँ।" उसने कहा।

लोगों को अपने से बेहतर जगह देख मुझे कभी ख़ुशी नहीं होती। मन-ही-मन तो मैंने मुँह भी बिचका लिया। आख़िर मैं छह साल से लेक्चरर थी और यह टिड्डे बराबर लड़का मुझ पर रौब जमा रहा था।

मैंने भी चाल थोड़ी तेज़ कर दी।

वह भी साथ ही चलने लगा।

"आप कौन-सा विषय पढ़ाती हैं?"

"अंग्रेज़ी। आप?"

"हिन्दी," उसने कहा।

मैं मन-ही-मन ख़ुश हो गयी। मेरा शुरू से ख़याल था कि अंग्रेज़ी पढ़ानेवाले हिन्दी पढ़ानेवालों से ज़्यादा योग्य होते हैं। हमारे कॉलेज में तो हम हिन्दी विभाग से बोल-चाल रखना भी पसन्द नहीं करते थे। आख़िर निकला तो मुझसे अदना ही।

मैंने देखा वह क़रीब-क़रीब मेरी ऊँचाई का ही था। "बेचारी इसकी बीवी," मैंने सोचा, "उसे इससे अच्छा लड़का मिल सकता था। अब जनम भर कामायनी और रस-सिद्धान्त की किताबों पर से धूल झाड़ेगी।"

उसके साथ चलने में मुझे जैसे कुछ असुविधा हो रही थी। वैसे भी मुझे ठिगने लड़कों के साथ घूमना नापसन्द था। उनके प्रति मैं अचानक प्रौढ़ और मातृत्वमयी महसूस करने लगती।

उसका घर आ गया था। उसकी पत्नी खिड़की पर उसका इन्तज़ार कर रही थी। मुझे लगा उसकी नज़र अचानक सतर्क हुई है। मैं बिना उसके पति को अभिवादन किये आगे बढ़ गयी।

घर आकर, कपड़े बदल, खाना खा चुकने के बाद भी मैंने पाया—दिमाग़ का कोई एक कोना भारी है। अच्छा नहीं लगा। घर पर मैं सारे बोझ उतार देना चाहती हूँ, कपड़ों समेत। मुझे लगा उस हिन्दी प्राध्यापक के घर आज ज़रूर झड़प हुई होगी। औरतें पति को अँगूठी और ब्लाउज़ के साथ-साथ निजी पूँजी ही समझती हैं और अक्सर सोचती हैं कि दुनिया भर की लड़कियाँ उनके पति पर डाका डालनेवाली हैं। औरतों के बीच काम करते-करते मैं उनकी नस-नस पहचान गयी थी। मुझे लगता था औरतों के स्वभाव पर मैं शोध-प्रबन्ध तैयार कर सकती हूँ। कॉलेज की एक सौ तीन प्राध्यापिकाओं में मैंने हर तरह की औरत देख ली थी, शास्त्रीय भाषा में कहूँ तो लेडी मैकबेथ से लगाकर आना कैरिनीना तक। अब तो मैं मान बैठी थी कि औरत के अन्दर स्वभावगत चुड़ैलपन होता है जो दूसरों को चैन से जीने नहीं देता। मेरी बात और थी। मैं एक अपवाद थी।

ताज़्जुब मुझे तब हुआ जब मैंने देखा कि एक दिन, दोपहर को वह 'दीपशिखा'-सी लड़की हमारे घर आयी और मुझे एक भरपूर मुस्कान देकर उसने कहा, "आपके पास कुछ पत्रिकाएँ हों तो दे दीजिये, वक़्त कट जायेगा।"

मैंने कई पत्रिकाएँ बटोरकर दीं और उसे अन्दर बुला लिया। वह मेरी तरफ़ रुचि से देखने लगी।

"मुझे आपकी साड़ियाँ बहुत पसन्द हैं, कहाँ से लेती हैं?" उसने कहा।

यह हुई कुछ अच्छी बात। मुझे सहसा वह लड़की सहेली लगी। तारीफ़ करनेवालों से मेरा लगाव जल्द स्थापित हो जाता है। कॉलेज में भी जो लड़कियाँ मेरे आगे-पीछे घूमती रहतीं, या ब्लैक बोर्ड साफ़ कर देतीं या पेन खोलकर थमा देतीं, उनके प्रति मैं हमेशा मेहरबान रहती।

मैंने कहा, "तुम सारा दिन कैसे काटती हो!"

वह कुछ सुस्त हो गयी और चुप।

मैंने बात करने के ख़याल से कहा, "वैसे तुम कॉलेज भी ज्वाइन कर सकती हो।"

"पढ़ ली जितना पढ़ना था।" वह बोली।

थोड़ी देर बाद यह जानकर मुझे बड़ी झेंप आयी कि वह और उसका पति क्लास फैलोज़ थे और कुछ ही नम्बरों से उसकी प्रथम श्रेणी मिस हुई थी।

मैंने कहा, "पर लगती तो तुम इतनी छोटी हो जैसे स्कूल से निकली हो!"

बावजूद इसके कि मुझे विवाहित औरतों से अलर्जी है मेरी सोना से पट निकली। मुझे ख़ुशी थी कि हमारी महीनों पुरानी पहचान में एक बार भी उसने सब्ज़ियों की क़ीमतों को लेकर शिकायत नहीं की और न ही किसी क्लियरेन्स सेल में मुझे जबरन घसीटा। उसकी बातचीत का विषय रोचक था, उसका पति। शादी के बाद से वह अपने पति को पहचान नहीं पा रही थी और चकित थी। वास्तव में मुझसे, घण्टों उसके बात करने का कारण उसके पति की अनुपस्थिति भी था। उसका पति इन दिनों सम्पर्क बढ़ाने के चक्कर में था। इसलिए वह घर देर से आता। उसे किसी वरिष्ठ प्रोफ़ेसर की किताबों के प्रूफ़ पढ़ने होते या किसी रीडर की लड़की की कच्ची हिन्दी पक्की करनी होती। इन्तज़ार करते-करते सोना की चमकदार आँखों में सुस्ती आने लगती और उसकी लिपस्टिक का रंग फीका पड़ जाता। उसका पति एक चुस्त मूड में वापस आता और अपनी धाक जमाने के लिए उससे भी कुछ ऐसी स्मार्ट बातें कह डालता जिसके लिए वह तैयार न होती। ऐसे ही एक दिन उसने मेरे सामने कहा, "बिना ठीक से तैयार हुए बाहर निकलने की तुम्हारी आदत अभी तक नहीं गयी सोना। बिना लिपस्टिक के तुम्हारा चेहरा ऐसा लगता है जैसे पर्दे उतार देने पर कमरा।" उसने मेरी ओर प्रशंसासूचक नज़रों से देखा। मैं बचा गयी। वह अक्सर अपनी पत्नी की क़ीमत पर स्मार्ट बातें करता था। उसे नहीं पता था कि ऐसे तो वह और भी ठिगना होता जाता है। ऐसे मौक़ों पर सोना का चेहरा ऐसा हो जाता जैसे साठ वॉट का बल्ब अचानक पन्द्रह वॉट की रोशनी देने लगे।

मैं उसे बाद में झिड़कती, "तुमने उसे ऐसा कह सकने की आज़ादी कैसे दे दी है!"

वह उदास हो जाती, "पहले तो यह ऐसा नहीं था। उन दिनों मैं अगर सात बजे मिलने को कहती तो यह छह बजे ही बस स्टॉप पर आ जाता। कभी मैं कहती, "हम लोग एक-दूसरे से बोर हो गये तो!" तो कहता, "कोई बात नहीं, बोर होंगे भी तो साथ-साथ।" अब यह कैसा साथ है, सुबह उठकर अख़बार में मुँह गाड़े-गाड़े चाय, फिर कॉलेज, फिर जल्दबाज़ी में चिट्ठियाँ पढ़ते हुए खाना, फिर घूमना, रात को लेक्चरों की तैयारी..."

सोना की बातों से मुझे डर लगने लगा था। उसने तो कई साल देख-परखकर शादी की थी। मैं तो अँधेरे में छलाँग लगानेवाली थी। फिर मेरा स्वभाव भी दूसरी तरह का था, सोना-जैसा लचीला नहीं। मैं ममी को कभी कोई टेढ़ा काम करते देखती तो

कह देती, ''ममी वह मुझसे अगर कपड़े धुलवायेगा तो मैं फ़ौरन तलाक़ दे दूँगी।'' ममी लाड़ से हँस देतीं। सच तो यह है कि मैं सोचती थी पति भी कोई सीनियर स्टूडेण्ट-जैसी चीज़ होगा जिसे सँभालने का मतलब होगा, उसे निरन्तर प्रभावित और चकित करते रहना।

पर सोना की दुनिया में यह सब नहीं था। अकेलेपन से बेहद थककर कभी वह पति से अनुरोध करती कि वह जल्द घर आ जाये। पति उस दिन जल्द आकर कुर्सी पर ऐसे बैठ जाता जैसे उसने कोई अहसान किया हो। या वह चाय का प्याला हाथ में लिये-लिये कमरे का चक्कर लगाते हुए कहता, ''नारी तुम केवल कमला हो।'' उसके अनुसार यह प्रतिभाशाली उम्र सम्पर्क बढ़ाने, फ़ायदा उठाने और तीर बैठाने की थी, पत्नी के साथ समय बरबाद करने की नहीं।

यही वजह थी कि सोना दिन-ब-दिन बेहद अन्तर्मुखी हो चली थी। अक्सर वह खोयी-खोयी बैठी रहती। ऐसे समय अगर उसका पति अचानक कोई बात शुरू करता तो वह बेतरह चौंक पड़ती। पति चिढ़ जाता, ''मेरे बोलने से तुम ऐसे बौखला जाती हो जैसे तुम पर हमला किया गया हो।'' पति उस पर बराबर ऐसे वार करता रहता, बिना यह सोचे कि यह सारा आक्रमण एक-तरफ़ा है, दूसरी तरफ़ सिर्फ़ लाचारी है। दरअसल उसमें वही अकड़ आ गयी थी जो बिना संघर्ष के नौकरी मिल जानेवाले लोगों में आ जाती है।

एक दिन हम तीनों में बहस चल रही थी कि प्रजातन्त्र हमारे-जैसे देश में सफल है या असफल। सोना ने हँसते हुए कहा, ''यह सवाल ही सिद्ध करता है कि प्रजातन्त्र है और सफल है।''

उसके पति ने उसकी ओर झुककर धीमी आवाज़ में तीन शब्दों का एक संक्षिप्त वाक्य कहा और वह सहसा चुप और बेजान पड़ गयी। पति बाद में भी बोलता गया पर मेरा ध्यान बिखर गया था। मैं सोना की चोट देख रही थी और जल रही थी। इतनी संक्षिप्त और ठण्डी लड़ाई मैंने पहले नहीं देखी थी। मेरा मन हो रहा था उठकर सोना को नोच दूँ, उसकी इस निर्जीवता के लिए! मुझे लगा मैं किसी आठवीं फेल लड़की के सामने बैठी हूँ जिसे यह एक-बटा-तीन आदमी इस आसानी से दबा रहा है। चाय का अगला प्याला छोड़ मैं घर आ गयी। आसपास के घिरे मकानों में मैंने पाया कोई भी घर सोना-जैसा नहीं था, वहाँ पत्नियाँ शेर थीं और पति गीदड़। वहाँ ऐसी पत्नियाँ रहती थीं जो ख़राब गोभी लाने पर पति को वापस बाज़ार भेजने की क्षमता रखती थीं, बिना यह ख़याल किये कि पति को छुट्टी लेनी पड़ जायगी।

पर सोना और उसके पति ने मेरी बेफ़िक्री ख़त्म कर दी थी। उन्होंने मेरे दिमाग़ की सब इक्वेशन हिला दी थीं। फिलहाल मुझे शादी से डर लगने लगा है।

●

आत्मरक्षा

आनेवालों के प्रति घर में एक 'आइये आइये' दृष्टिकोण था। चाहे कोई सोता हो, या हरारत में पड़ा हो, खाना खानेवाला हो या आयोडेक्स मलनेवाला हो, सब-के-सब आनेवाले की सूचना पाते ही एकदम मुस्तैद हो जाते।

"अरे वाह डॉक्टर गुप्ता! आज ही आपको याद कर रहा था मैं। जो-जो भविष्यवाणियाँ हमने-आपने मिलकर की थीं, सब सच निकलीं न। अरे चुनाव के बाद आप तो आये ही नहीं इधर! फतह के बाद के मुद्दे भी तय हो जायें!" इस बात में आधा भी सच नहीं था। चुनाव से पहले भैया डॉक्टर गुप्ता के साथ विपक्ष की आम सभा में जाते भी कतराते थे। लेकिन जब तक डॉक्टर गुप्ता लौट न आते वे सोते नहीं, उत्सुकतापूर्वक आँखों देखा हाल जानने की प्रतीक्षा करते। उन्हें शायद यह याद नहीं। वे बोले जा रहे हैं–

"अच्छा, अच्छा, आप बाहर चले गये थे! क्या दिल्ली गये थे? क्या कुछ पता लगाया। कौन-सी कमेटी के चक्कर में पड़े हो भई!"

भाभी चाय थमातीं, "तभी हम सोच रहे हैं आज डॉक्टर साहब जोगिया बुशशर्ट क्यों पहने हैं! क्यों भाई साहब, इतनी जल्द हृदय-परिवर्तन!"

माँ अपनी शाश्वत शिकायत दोहरातीं, "अरे बेटा, तुम्हारे डॉक्टर होने का क्या फ़ायदा, मेरा खाँसी-ज़ुकाम भी तो ठीक करना नहीं आया तुम्हें!"

मैंने उन्हें कई बार समझाना चाहा है कि डॉक्टर केवल दवाई देनेवाले डॉक्टर नहीं होते। वे समझकर बातचीत का एकमात्र प्रसंग बन्द नहीं करना चाहतीं!

रात ग्यारह बजे वाजपेयी जी चले आ रहे हैं। हम सोने जा रहे हैं, कोई परवाह नहीं। उन्हें फ़ोन करना है।

फ़ोन के बाद वे फ़ोन से सम्बन्धित अन्तर्कथा सुनायेंगे।

घर भर उनके आने मात्र से इतना निहाल है कि यह भी नहीं देखता वह फ़ोन का नम्बर ठीक दस बार घुमा रहे हैं—दिल्ली! पहली बार ही नम्बर लग जाने से उनका चेहरा खिल गया। मैं सोच रही हूँ, वे अभी अपने ठहाका मार अन्दाज़ में चालू हो जायेंगे, लेकिन लाइन में गर्मी आते ही वह एक निहायत ठण्डी, बुझी और बेसुरी आवाज़ निकालते हैं—

"भैया जी, मैं वाजपेयी बोल रहा हूँ। क्या बताऊँ भैया जी, सुबह से लाइन मिला रहा हूँ। मेरे आँसू तो सूख ही नहीं रहे हैं। यक़ीन मानिये, चुनाव के दिन मैंने धर्मशाला में लोगों के पैरों में सिर रख दिया। तीन दिन तक मोहल्ले में मुफ़्त राशन बँटवाया, रिकॉर्ड बजवाये...जी हाँ, जी हाँ, झण्डे और चश्मे तो पहले ही बाँट दिये थे। वोटर हमें मुफ़्त मूँड़ दिहिस। प्रेस का बिल बक़ाया है भैया जी! इधर भी बड़ी परेशानी है। आप बिलकुल न घबराइये। क्या कहा? इन्क्वायरी इतनी जल्दी नहीं बैठती, क्या कहते हैं पहले बड़े-बड़ों की होगी, फिर नम्बर आता रहेगा। अजी नहीं, कैसी बातें सोचते हैं आप। सरकार को अपना काम करना है कि बस कमीशन बैठाती रहेगी! होगा क्या। धड़ल्ले से बिज़नेस कीजियेगा। भाभी से मेरा प्रणाम कहियेगा। नमस्ते।"

फ़ोन रखकर बिना खँखारे ही उनकी आवाज़ ताज़ादम हो गयी, "क्या परेशानी है, अब जो-जो हार गये हैं, उन-उन की मातमपुरसी करो। संसार में रहकर क्या-क्या चक्कर निभाने पड़ते हैं!"

भाभी मुग्ध-भाव से उन्हें देख रही हैं। मन-ही-मन उन्हें अफ़सोस हो रहा है उनके पति चतुर क्यों न हुए! वाजपेयी जी का तिमंज़िला मकान तेज़ी से पूरा हो रहा है। एक उनके मियाँ हैं जो इतने साल में बरामदे का एक टूटा टपरा भी नहीं बदलवा सके।

मैं ख़ुद जानती हूँ, इस घर के लोग कभी प्रगति नहीं कर सकेंगे। सारे देश में इस वक़्त जनता की धूम मची है और यह घर अभी अजन्ता से ही ऊपर नहीं उठ पा रहा। पड़ोस में किसी का लड़का फेल हो जाये, किसी के यहाँ प्रसव होनेवाला हो, कोई सस्पेण्ड हो जाये, कोई रूठकर घर से चला जाये, कोई अपने बच्चे पीटता हो, हमारे घर के लोग दमकल की तेज़ी से पता लगाने निकल पड़ेंगे। सारा विवरण

मिल जाने पर ऐसे लौटेंगे जैसे बँगलादेश को आज़ाद कराकर वापस लौटे हों। मोहल्ले में हमारा घर विशेष सलाहकार की हैसियत रखने लगा है। किसी की बालटी खो जाये या बकरी—सबसे पहले हमीं से पूछा जाता है। पिछले महीने धोबी के लड़के रतन ने गुस्से में अपनी बहन की जीभ चबा डाली, धोबी-धोबन अस्पताल जाने के बजाय हमारे घर रोती-छटपटाती आशा को लेकर आ गये। पहले पूरी बात सुनी गयी, रतन को कड़े शब्दों में धिक्कारा गया, धोबन की ख़बर ली गयी, जिसने लड़के को इतना बिगाड़ा और आशा को चेतावनी दी गयी कि इतना सीधा बनने से दुनिया में कुछ नहीं हो सकता। यह बात और है कि दर्द से छटपटाती आशा को कुछ समझ नहीं आया। इसी बीच मोहल्ले के नेता अवस्थी जी ने अस्पताल फ़ोन कर एम्बुलेन्स बुलवा ली।

हर बार यही होता है। फ़ोन हमारा इस्तेमाल होता है, दिमाग़ हमारा चाटा जाता है और श्रेय अवस्थी जी ले जाते हैं। न जाने इन्हें कहाँ की जल्दी पड़ी रहती है। समस्या के सामाजिक पहलू पर सोच-विचार किये बिना आगे तक की कार्रवाई कर डालते हैं।

इसीलिए आजकल मोहल्ले के कुछ परिवार हमारे यहाँ आने के बजाय सीधे अवस्थी जी के यहाँ जाने लगे हैं। ऐसी स्थिति में हमारे घर के सदस्य स्वयं वहाँ जाकर सलाह दे आते हैं। गली-मोहल्ले के हित के आगे अभिमान क्या चीज़ है। अभिमान तो क्या आराम भी नाचीज़ है।

मिसेज चतुर्वेदी अस्पताल में दाख़िल थीं। उनके घर पर ताला पड़ा देख हमारा परिवार बेचैन हो गया। माँ दो बजे की चिलचिलाती धूप में अस्पताल पहुँच गयीं। वार्ड और कमरे का पता लगाने में काफ़ी दिक़्क़त हुई। जब वे पहुँचीं तो पाया कमरा डॉक्टरों, नर्सों से भरा पड़ा है। माँ कुछ देर हक्का-बक्का खड़ी रहीं। तभी उन्हें पलँग के किनारे सुधीर चतुर्वेदी खड़ा नज़र आया। उन्होंने नर्स वगैरह को अपनी काया से धकेलते सीधे उसे धर दबाया, "अरे लल्ला, बिन बताये तुम लोग यहाँ आ गये। आस-पड़ोस में कहीं ऐसा होता है। क्या हुआ, बेटा या बेटी?"

उन्हें अपने किसी सवाल का जवाब नहीं मिला। उल्टे एक नर्स ने मुँह पर अँगुली रख उन्हें चुप रहने को कहा।

मिसेज़ चतुर्वेदी को ऑपरेशन के बाद से अब तक होश नहीं आया था। दो घण्टे बीत चुके थे। कई उपचार किये जा चुके थे, लेकिन संज्ञा नहीं लौटी। उनकी ऑक्सीजन की ग्रहणशीलता भी मन्द पड़ती जा रही थी।

माँ ने दबी ज़ुबान में सुधीर से कहा कि विमला को दायें पैर के जूते का तला सुँघा देने से अभी होश आ जायेगा। यह बेहोशी दूर करने की शर्तियाँ दवा है।

पता नहीं सुधीर ने यह सुना या नहीं। उसकी दृष्टि विमला के निष्प्रभ चेहरे पर टिकी हुई थी।

बेहोशी तोड़ने के कुछ और मौलिक सुझाव देने के बाद माँ ने नवजात शिशु की हगनी-मुतनी देखकर महत्त्वपूर्ण जानकारी प्राप्त की। डॉक्टर ने रूखे स्वर में कमरे से सबको हट जाने का आदेश दिया।

विमला की संज्ञा नहीं लौटी, अस्पताल से सिर्फ़ सुधीर लौटा। शिशु माँ के साथ-ही-साथ दम तोड़ गया। इस हादसे से पूरा मोहल्ला काँप उठा। माँ ऐसे फूट-फूटकर रोयीं, जैसे उनकी अपनी बेटी गुज़र गयी हो! उनके विलाप में लगातार यही शिकायत उभरती रही कि अगर विमला को दायें पैर के जूते का तला सुँघा दिया गया होता तो आज यह दिन न देखना पड़ता। इस दवा से कितने ही मरे मुर्दे हँसते-खेलते उठ खड़े हुए हैं।

मोहल्ले की ममतामयी महिलाओं ने सुधीर का ख़ास ख़याल रखना शुरू कर दिया। होता यह कि माँ सुबह सुधीर के लिए चाय लेकर पहुँचती तो पाती वहाँ पहले से ही एक ट्रे चाय रखी हुई है। रात के खाने को लेकर कई बार पड़ोसिनों में झड़प हो जाती। उनके पकाये व्यंजनों को देखकर हैरानी होती कि क्या एक दुःखी विधुर नौजवान को इतने पौष्टिक आहार की आवश्यकता हो सकती है! शायद मोहल्ले के पुरुषों को इस पर आपत्ति होती, लेकिन सुधीर ने उससे पहले ही एक विचित्र मुद्रा अपना ली। वह घर पर ताला डाल पूरा दिन बाहर रहने लगा। जब वह लौटता भी तो ऐसा कटा-कटा कि उसके कमरे में पैर रखने की किसी की हिम्मत न होती।

धीरे-धीरे चतुर्वेदी के घर की तरफ़ आवागमन कम होता गया। इकतालीसवें दिन भाभी ने माँ से कुछ महत्त्वपूर्ण खुसर-पुसर की। अपनी बेमिसाल श्रवणशक्ति से मुझे उसमें से इतना पता चला कि सोग के चालीस दिन बीत चुके हैं। सुधीर की उम्र अभी केवल उनतीस वर्ष है। पक्की नौकरी है। बच्चे का झंझट नहीं रहा। जैसा ब्याहा वैसा बिन ब्याहा! मेरे लिये इससे बढ़िया रिश्ता क्या हो सकता है। जमा-जमाया घर मिलेगा। लड़का सिर-आँखों पर रखेगा। लड़के का भी कल्याण, लड़की का भी कल्याण।

तीर निशाने पर पड़ा। माँ की मोहल्ला-कल्याण भावना फिर ज़ोर पकड़ गयी। मुझसे सलाह लेने की कोई ज़रूरत नहीं पायी गयी। एक दिन माँ और भाभी इस गुरुकार्य के लिए निकल पड़ीं। मुझे अन्देशा तो था ही। अख़बार मुँह के आगे खोल सहमी-सहमी उनका इन्तज़ार करती रही। थोड़ी देर बाद दोनों महिलाएँ सूखा मुँह लिये घर लौट आयीं। मेरे अन्दर एक साथ जय-पराजय के भाव झनझनाये। यहाँ

कौन चाहता था कि जीवन एक रोते-बिसूरते आदमी को पुच-पुच करने से शुरू किया जाये। मैं तो हिरन-सा अलमस्त पति चाहती थी। लेकिन इनकार का गौरव सुधीर को मिला, यह बात मुझे नागवार गुज़री। माँ भाभी की समाज-सुधार-उतावली से सब काम गड़बड़ हो गया था।

भैया का दायरा थोड़ा वृहद् था। आजकल वह एक चलता-फिरता अख़बार थे। सुबह-सुबह पूरा अख़बार कण्ठस्थ कर बरामदे में बैठ जाते, ताकि बात करने लायक कोई भी आदमी चंगुल से छूट न जाये। मोहल्ले के फ़ुरसत-पसन्द मास्टर जी, बाबू द्वारकाप्रसाद और नवाब साहब, जब इकट्ठे हो जाते तो भैया बाक़ायदा आजकल के हालात पर तवसिरा पेश करते—

"स्वास्थ्यमन्त्री ने राष्ट्रपति को पेड़ा खिला दिया! क्या मज़ाक है। अपने पद का न सही, उनके पद का तो ध्यान रखना चाहिए था। शुरू में ही जनता पर क्या असर पड़ेगा!"

"असर तो अच्छा ही पड़ा लगता है।" बाबू द्वारकाप्रसाद कहते।

"हाँ एक लिहाज़ से अच्छा ही हुआ। बनावटीपन और गुलामी का एक दौर समाप्त हुआ।" भैया कहते हैं। उन्हें लगता है, उन्होंने बड़े पते की बात कही है।

वह दबे स्वर में आज दसवीं बार नवाब साहब को बता रहे हैं, "अजी मैं तो 'मीसा' में बन्द होने जा रहा था। सिटी एस. पी. अपने दोस्त थे, साफ़ बचा ले गये।"

बाबू द्वारकाप्रसाद बोले, "अब आपको अफ़सोस हो रहा होगा।"

भैया कुछ नहीं बोल रहे, लेकिन बात सच है। दरअसल जेल जाने के उन्हें दो मौक़े आये और दोनों उनकी चालाकी अथवा बुज़दिली से हाथ से निकल गये। सन् '42 में एक बार उनकी क्लास के लड़कों ने जोश-ही-जोश में नमक बनाने का आयोजन किया था कि घुड़सवार पुलिस के आने पर सब तितर-बितर हो गये। भैया कौंचा-कढ़ाई लेकर बेतहाशा भागे और सीधे घर जाकर साँस ली। अब उन्हें शक है कि दफ़्तर में प्रमोशन उसी को मिलेगा जो मीसाबन्दी रह चुका है। सच तो यह है कि आजकल उनकी कुछ समझ में नहीं आ रहा है।

चुनाव-प्रचार के दिनों किसी ने हमारे घर की दीवार पर लिख दिया था—

आधी रोटी खायेंगे
नस नहीं कटवायेंगे
खेत गये चकबन्दी में
जान गयी नसबन्दी में!

हमारा घर यह पढ़कर बुरी तरह घबरा गया। क्या पता वोट का ऊँट किस करवट बैठे। भैया ने रात में नौकर से दीवार पुतवा दी। लेकिन अब वह बड़े गर्व से डॉ. गुप्ता को दीवार का वह पुता हुआ हिस्सा दिखाकर नारा दोहराते हैं। भैया ने उन्हें दो-एक मिसाल भी बतायी है, "डॉ. साहब, अब बताइये, साठ साल के आदमी की नसबन्दी से फ़ायदा। वह चाटवाला यों ही पकड़ा गया।"

मास्टर जी बीच में बमक पड़ते हैं, "आपने देखा था किसी को चाटवाले को पकड़कर ले जाते हुए? आपके मुहल्ले से कितने लोग ज़बरदस्ती पकड़े गये।"

भैया सिर खुजलाते हैं "हाँ हमारे मोहल्ले में तो ज़बरदस्ती नहीं हुई।"

डॉ. गुप्ता कहते हैं, "अरे भई, यहाँ नहीं हुई तो क्या कहीं नहीं हुई।"

भैया कहते हैं, "हाँ, यह कैसे कह सकते हैं कि कहीं नहीं हुई। अख़बार क्या झूठ बोल रहे हैं?"

डॉ. गुप्ता से प्रतिदिन मिलना उनके लिए बहुत ज़रूरी है। अव्वल तो गुप्ता साहब ही ख़ुद आ जाते हैं। वह न आयें तो घर के लोग डर जाते हैं। भैया को यक़ीन है डॉ. गुप्ता किसी लम्बे चक्कर में हैं। इसीलिए दिल्ली जाते रहते हैं। अगले दिन उन्हें पता चलता है कि डॉ. गुप्ता तो मिर्जापुर से लौटे हैं। उनके दिमाग़ का नक़्शा गुचड़-मुचड़ हो जाता है। उन्हें लगता है डॉ. गुप्ता असल बात उन्हें बता नहीं रहे हैं और भी तत्परता से वह अपना फ़ोन और अख़बार उनकी सेवा में अर्पित कर देते हैं।

●

उपलब्धि

देखा जाय तो परेशान होने की फ़ुर्सत अभी मिली थी। शुरू के कुछ साल हड़बड़ी और जोश में जल्दी से सरक गये। अब चेतन को उकताहट होने लगी। प्रेस की परेशानियाँ लगभग वही थीं जो किसी सुस्त शहर में किसी भी धन्धे में पैदा हो सकती थीं। मेहनत और मुआवज़े में कोई अनुपात नहीं था। रोज़ अपने आसपास मशीनों का वही कर्कश धातुस्वर, वही प्रूफ़ों का ढेर, पाई के पहाड़ देख चेतन को अपनी अर्थहीनता का तीखा अहसास होता। उसका मन होता, नीचे की इस परेशान दुनिया का वह थोड़ी देर के लिए, ऊपर की सरल दुनिया से विनिमय कर ले। प्राची से संवाद की स्थिति में आता तो पाता प्राची प्राची नहीं शिकायतों, फ़रमाइशों और तुनकमिज़ाजियों की एक पिटारी बन चुकी है। कभी-कभी वह उसकी बात समझने का प्रयत्न करती लेकिन बबलू उसे इतना अवकाश न देता कि वह सुझाव भी दे सके। तब वह और अधिक झुँझला जाती। उसे लगता जीवन में अब बस बालकाण्ड-ही-बालकाण्ड रह गया है। वक़्त की मार ने दोनों का धैर्य ख़त्म कर डाला था। प्राची की थकान, जल्दबाजी और चिड़चिड़ाहट पहचान चेतन वापस अपनी जेल में पहुँच जाता। चेतन और प्राची दोहरे स्तरों पर अकेले होते जा रहे थे।

कभी-कभी चेतन और उसके दोस्त शाम को घर में इकट्ठे होते। चेतन ने चार सौ रुपये का कैलिप्सो रिकॉर्ड-प्लेयर ख़रीदा था। मशीनों की गड़गड़ाहट जब दिल के बहुत क़रीब टकरा उठती, वह घबराकर अपनी परेशानियाँ बेग़म अख़्तर या मलिका पुखराज की इरॉटिक आवाज़ों में भूलने की कोशिश करता। दोस्तों के आने

पर वॉल्यूम बढ़ा दिया जाता, मिल-बाँटकर एरिस्टोक्रेट ख़रीद ली जाती और बड़े क़ायदे से देश, समाज और साहित्य की फ़िक्र शुरू की जाती।

तब बिना खिड़की का यह कमरा अद्भुत स्फूर्ति से भर जाता जब विनय गुप्ता मुकुलेश और सुमन के साथ आपस में ग्लास टकराते हुए ज़ोरों से चिल्लाता "लेखक-एकता ज़िन्दाबाद! भ्रष्ट प्रकाशक हाय-हाय! हिन्दी के लेखकों—एक हो! दुष्ट प्रकाशकों का—नाश हो!"

वे सब मिलकर हिन्दी के भ्रष्ट प्रकाशकों की सूची बनाते और विरोध-पत्र के मुद्दे डिस्कस करते।

प्राची को आश्चर्य न होता।

उसे पता था कि लेखक-एकता, एरिस्टोक्रेट की तिकोनी बोतल और बेग़म अख़्तर की ग़ज़लों में बड़ा चलाचली का रिश्ता है। उसे अहसास था कि यहाँ से जाकर विनय गुप्ता बनवारीलाल वर्मा के ऐतिहासिक उपन्यासों की टीका का तीसरा अध्याय लिखने में लग जायेगा; मुकुलेश कल सौ की जगह अस्सी रुपये में ही कवर डिज़ाइन बना डालेगा और सुमन अपने कहानी-संग्रह का कॉपीराइट तीन सौ रुपये में बेच देगा।

सब अपनी-अपनी अनिवार्यताओं की चंगुल में थे।

वह शाम प्राची को अच्छी लगती।

लेकिन अगली सुबह उसी कमरे को देख वह विरक्ति से भर जाती।

सुबह कमरा खोलते ही सिगरेट और व्हिस्की की बू वहाँ पहले से ही पसरी पड़ी मिलती। पंखा खोलने पर वह भभक चारों ओर चक्कर लगाती और सुस्त चाल से कमरे से बाहर निकल जाती। दीवान पर रिकॉर्ड्स के कवर, माचिस की तीलियाँ, ब्रेड का चूरा प्राची के इन्तज़ार में ज्यों-का-त्यों पड़ा रहता। प्राची सिगरेट के कुचले टुकड़े, दरी पर चिपकी कीचड़, जूठी प्लेटें, औंधी गिरी गद्दियाँ बटोरती और किसी तरह कमरे की मनहूसियत मिटाती।

एक बार उसने चेतन से कहा था।

चेतन ने कहा, "मनहूसियत एक ऐसी छूत है जो लोगों से दीवारों को लगती है, दीवारों से लोगों को नहीं।"

यह एक वाक्य, बातचीत के मुँह में कपड़ा ठूँस देने के लिए काफ़ी था।

प्राची ने तब जल-भुनकर तीसरी क़सम का एल. पी. प्लेयर पर चढ़ा दिया था, "बलमवा वैरी हो गये हमार..."

चेतन ने दो पंक्तियाँ सुनीं और उठकर सुई ज़रा आगे खिसका दी थी, "मारे गये गुलफ़ाम..."

यह एक स्टीरियोफ़ोनिक लड़ाई थी, परिष्कृत, अपशब्दों से परे, सातवें समुद्री बेड़े की तरह अविचल, उपस्थित और उप-स्थितियों को उजागर करती।

पता नहीं जीवन को क्या हो गया था, हर स्थिति चाबुक की तरह इस्तेमाल कर ली जाती थी।

छोटी-छोटी बातों का बतंगड़ बन जाता था।

पिछले महीने उनकी शादी की सालगिरह थी। उस दिन सुबह कैलेण्डर से धूल झाड़ते प्राची को याद आया था। उसका मूड अचानक तरल हो आया। उसने बड़ी तैयारी से खाना बनाया। बीच में वह एक बार नीचे उतरकर देख आयी थी, चेतन प्रेस में नहीं था। तब तक उसका बहुत-सा काम बक़ाया था। वह ऊपर आ गयी। बबलू को नहला-सुलाकर उसने अपनी ओर ध्यान दिया। बहुत दिनों बाद उसने फाउण्डेशन लोशन और लिपस्टिक का इस्तेमाल किया था। वह मन-ही-मन चाह रही थी कि उसका मेकअप ताज़ा रहने तक ही चेतन लौट आये। लेकिन हाथ पर बँधी घड़ी तीन से चार और चार से छह बजाती गयी, चेतन नदारद। ऊपर से प्रेस के कर्मचारी कभी काग़ज़, कभी फर्मा, कभी एडवान्स के लिए उसे ऊपर-नीचे दौड़ाते रहे।

चेतन आठ बजे लौटा था।

सबसे पहले वह मशीन-विभाग में दिन भर की छपाई का ब्योरा लेने गया। फिर उसने कम्पोज़ीटरों से बातचीत की। काफ़ी देर बाद वह ऊपर आया। प्राची ने अपना उबाल बमुश्किल रोका हुआ था। चेतन ने इत्मीनान से कपड़े बदले, मुँह धोया और बबलू को चूमकर जगाने लगा।

कैलेण्डर की ओर देखते-न-देखते चेतन ने कहा, "आज कौन तारीख़ है?"

"पचीस।" प्राची ने जल-भुनकर कहा।

चेतन चिढ़ गया, "देखो मुझसे हर समय ऐंठकर न बोला करो। मैं कभी तुम्हारे प्रति कोमल महसूस भी करना चाहूँ तो तुम मोहलत नहीं देतीं। तुम्हें अच्छी तरह पता है आज पचीस नहीं है।"

"पचीस नहीं है तो तुम्हें क्या कोई फ़र्क पड़ा है! वक़्त तुम्हारे लिये यों ही सोमवार मंगलवार होता रहेगा। जब स्याहीवाले तुम्हें डायरी-कैलेण्डर देने आयेंगे तब तुम्हें पता चलेगा, साल गुज़र गया।"

चेतन अन्दर तक तिलमिला उठा। यह औरत उसे सिर्फ़ एक चाभी समझती है। इसमें और उन फूहड़ औरतों में क्या फ़र्क़ है, जिन्हें बचपन से उसने अपने मुहल्ले में लड़ाई-झगड़ा करते देखा और जिनसे उसने हमेशा नफ़रत की।

सुबह चार बजे जब बड़ी सिलिण्डर यकायक रुक गयी थी, वह नींद से उठा था। पट्टे के लिए नया काँटा देकर जब वह ऊपर आ रहा था उसे याद आया आज पाँच तारीख़ है, उनकी शादी की वर्षगाँठ। कमरे में उसने चाहा प्राची को उठा ले। बबलू प्राची पर टाँग चढ़ाये उसकी बाँह पर सिर रखे सो रहा था। दोनों के बदन से मच्छरों की दुश्मन, बलसारा की ओडोमॉस और पौण्ड्स-पाउडर की मिली-जुली गन्ध आ रही थी। दिन भर की थकी प्राची को सोने देना चाहिए, सोचकर वह लेट गया था। घर आते हुए उसने सोचा था रात को गजधर जायेंगे।

लेकिन इस वक़्त की प्राची को लेकर वह कहीं जाने की कल्पना नहीं कर सकता था। वह साक्षात् चुनौती और लानत थी।

उसने सिर्फ़ इतना कहा था, "अच्छी औरतें रात में मच्छरों की दुश्मन ओडोमॉस लगाकर नहीं सोतीं, समझीं!"

प्राची का पारा 212° से सीधा शून्यांक पर पहुँच उसे पानी-पानी कर गया था।

उसने लाल चेहरे से कहा था, "चेतन आय एम सॉरी, मैंने सोचा था तुम्हें याद नहीं है, प्लीज़...।" उलझन, झेंप और शर्मिन्दगी में उसे रुलाई आ गयी थी।

शादी की सालगिरह तत्काल मना ली गयी थी। लेकिन उसमें वह ताज़गी, वह हलकापन नहीं था जिसकी आज दोनों को तलाश थी।

खाना गरम कर प्राची ने बड़े आग्रह से खिलाया। सब-कुछ ऐसा था जैसे दुखते जोड़ पर पट्टियाँ बाँध दी गयी हों।

मुहर्रम के ठीक तीस दिन बाद आता था चेहल्लुम। महीना भर उस गली में बच्चे-बड़े, संजीदा चेहरों और काले कपड़ों में घूमते दिखायी देते। रोज़ शाम चक से शुरू होकर जुलूस कोल्हन टोला, रानीमण्डी से गुज़रता हुआ कर्बला जाता। चार-पाँच साल से यह सब देखते-देखते चेतन-परिवार इसका अभ्यस्त हो चुका था।

किसी-किसी वर्ष मुहर्रम और होली आस-पास या साथ-साथ पड़ते। तब कोल्हन टोले की सरगर्मियाँ निराली होतीं। पड़ोस के मकानों में परिवार का एक लड़का बैठा रंग की पुड़िया बाँधता तो दूसरा शाम को गाने के लिए मर्सिये की रियाज़ करता। वृद्ध पिता सारी सुबह पिचकारियाँ बनाते और सारी दोपहर ताज़िये। चेहल्लुम के फ़ौरन बाद चुप-ताज़िया आ जाता था और आठ दिन तक लगातार ताज़िये उठते।

गली में घूमती गश्ती पुलिस को देखकर ही पता चलता था कि होली-मुहर्रम अलग-अलग त्योहार हैं और इसलिए सम्भावित तनाव के विषय। अन्यथा घरों के आँगन में चलती गतिविधियों को देखकर लगता कि एक का त्योहार दूसरे की

जीविका है। कई अर्थों में चेतन को मुहर्रम ज़्यादा पसन्द था। होली की बेमतलब उछल-कूद, मेल-मिठाई के निरर्थक आदान-प्रदान से कहीं अधिक अनुभूति सम्पन्न मुहर्रम के जुलूस थे जिनमें अनुशासन और उद्देश्य की अद्भुत एकरूपता थी।

अँधेरा घिरते ही पेट्रोमैक्स की रोशनी में पंक्तिबद्ध जुलूस मातम करता निकलता। कुछ बच्चे बेले के हार बेचते बीच में घूमते। जुलूस के साथ होता पैग़म्बर साहब का दुलदुल, ऊँचे-ऊँचे अलम, ताबूत; बारजों पर बुर्क़ानशीन औरतों की क़तार और होती इस सबको बेधती हुई किसी नौजवान की दर्द में डूबी, कलेजे से निकली ग़मगीन आवाज़ जो सुननेवालों की नस-नस में उदासी के नश्तर लगा जाती। उस दिन कुछ इस क़दर मायूस माहौल होता कि सुबह से चेतन के घर में न रेडियो बजाया जाता न रिकॉर्ड प्लेयर।

उन लोगों के घर का बारजा ठीक गली में खुलता था इसलिए चेहल्लुम पर औरतों-बच्चों की काफ़ी बड़ी भीड़ उन्हीं के यहाँ इकट्ठी हो जाती।

बुर्क़ानशीन औरतों में से कई एक को प्राची पहचानती थी। नाड़े बेचनेवाले की तीनों औरतें एक साथ आतीं। बड़ीवाली मातम देखते हुए बुर्क़े के अन्दर-ही-अन्दर छाती पीटती रहती और यकायक बेहोश हो जाती। प्राची लाख कोशिश करती कि वह थोड़ा पानी पी ले लेकिन बेहोशी की हालत में भी वह पानी मुँह न लगाती। पानी के छींटे मुँह पर पड़ने से पहले वह उठ बैठती और मातम करने लगती, "हाय जनाबे जैनब कर्बला में प्यासे शहीद हो गये! हाय सकीना तुझ पर भी उमर उस्मान को रहम नहीं आया! हाय अली असगर तुझे क्या हो गया भैया। हाय हुसेन, हाय हुसेन, हाय हुसेन, हाय हुसेन!

हारकर प्राची कोशिश छोड़ देती। छोटे-छोटे बच्चे भूख-प्यास से परेशान, ढलती दोपहर तक बारजे में धूप में खड़े रहते।

वह भी चेहल्लुम का रोज़ था।

उस दिन भी सुबह से गली में फुलौरीवाले, जलेबीवाले, हारवाले चक्कर लगा रहे थे। गली आज बिलकुल साफ़ थी। पिछली रात औरतों ने अपने उधड़े बुर्क़े सी-पिरोकर दुरुस्त कर लिये थे।

सबसे आगे मर्दों का जुलूस था। उसके पीछे नौजवानों का और सबसे पीछे छोटे-छोटे बच्चों का। ये छोटे बच्चे नंगे बदन थे। पसीना उनके बदन पर ओस की बूँदों-सा चमक रहा था। उनसे भी पीछे दो घुड़सवार पुलिस और कई सिपाही थे। गली में जहाँ-जहाँ मोड़ आते थे वहाँ-वहाँ पुलिस की एक छोटी टुकड़ी तैनात थी।

हुसैनी के इमामबाड़े में सीढ़ियों पर माइक्रोफ़ोन रखा था जहाँ जनाब रईस अहमद इमाम हुसेन की याद में बड़ी संजीदा तकरीर कर रहे थे। इसके बाद रऊफ़ ज़ैदी ने

जुलूस में माइक सँभाल नौहे का पहला बोल उठाया,

'कहती थी बहन कैसे असगर को भुला दूँगी,
भैया की जुदाई में जान अपनी गँवा दूँगी।'

रऊफ ज़ैदी एक पंक्ति गाता, सारा जुलूस उसे उसी तर्ज़ में दोहराता। फिर वह अगली पंक्ति पर बढ़ता :

'यह लाश तेरी असगर ले जाऊँगी महशर में,
किसने तुझे मारा है बाबा से बता दूँगी।'

उसके बायें हाथ में छोटी-सी डायरी थी जिसमें चुनिन्दा मर्सिये और नौहे लिखे हुए थे। दायाँ हाथ उसने सीने पर रखा हुआ था। रऊफ के ऊँचे क़द, आला शक्ल, संजीदा अन्दाज़ और ग़मग़ीन आवाज़ से मुहल्ले की जवान होती लड़कियों के दिल पहले से ही बैठे जा रहे थे। इश्क़, मुहब्बत, निकाह वगैरह के सपने आँखों में छिपाये, अफशाँ, शीरीं, इशरत परवीन, समाँ सब बारजे पर खड़ी नौहा सुन रही थीं और मन-ही-मन दोहरा रही थीं :

'मैं छोटी हूँ घर भर में—पानी जो मिला लेकिन,
तुम मुझसे भी छोटे हो—मैं तुमको पिला दूँगी,
असगर से कहा रोकर मासूम सकीना ने,
भैया तेरे मातम में दुनिया को रुला दूँगी।'

रऊफ ज़ैदी की दर्द में डूबी आवाज़ सुन प्राची का कलेजा भी हिल गया। वह औरतों के बीच बारजे पर खड़ी थी। जहाँ छोटे-छोटे बच्चे इकट्ठे थे; उस तरफ बबलू भी अपनी नन्हीं कुर्सी जमाये बैठा था। हर साल गली में यह दृश्य देखकर वह इसका अभ्यस्त हो गया था। सामूहिक हाहाकार होते देख वह ज़रा न घबराता, बल्कि वह भी दोनों हाथों से धड़ाधड़ मातम शुरू कर देता।

प्राची को अभी खाना बनाना था। उसने देखा बबलू मज़े से बच्चों से घिरा बैठा है। उसने समाँ से कहा वह बबलू का ध्यान रखे और ख़ुद रसोई में चली गयी।

चेतन नीचे प्रेस में था। प्रेस का बड़ा दरवाज़ा मातम करनेवालों से खचाखच भरा था।

देर तक मातम देखते-देखते बबलू को प्यास लग गयी। उसने कमरे में आकर अपनी छोटी सुराही से पानी लिया और पीते-पीते बारजे पर आकर खड़ा हो गया। जुलूस की देखा-देखी दायें हाथ से वह अभी भी मातम कर रहा था, बायें हाथ में उसने ग्लास सँभाला हुआ था।

आस-पास के बच्चों को अचानक बहुत रफ़्तार से मातम करते देख उसके दोनों हाथ अपने-आप ज़ोरों से सीने पर पड़ने लगे। ग्लास छूटकर बारजे पर गिरा और काफ़ी पानी नीचे जुलूस पर जा गिरा।

जुलूस में खलबली मच गयी।

"पानी कहाँ से आया?"

"कौन नापाक पानी फेंक रहा है?"

"कौन काफ़िर मूत रहा है?" वगैरह चिल्लाती उत्तेजित भीड़ ऊपर-नीचे गुनहगार की तलाश में सक्रिय हो गयी। आग की तरह उत्तेजना जुलूस के दोनों छोरों तक फैल गयी। जुलूस ने अब भीड़ की शक्ल अख़्तियार कर ली।

चेतन को कुछ पता ही न चला। वह वक़्त पर डिस्ट्रीब्यूट न निकलने की शिकायत फोरमैन से करने अन्दर गया हुआ था।

एकाएक औरतों, बच्चों का एक बदहवास रेला सीढ़ियों से उतरा और गुस्से से भरे आदमियों का एक रेला प्रेस के अन्दर घुस आया।

"आप हमारे मज़हब की तौहीन करते हैं!"

"आपको ख़ुदा कभी माफ़ नहीं करेगा!"

"कहाँ हैं साहब?"

तब तक बाहर की दौड़-भाग पुलिस के क़ाबू से बाहर हो गयी। वे ज़ोर-ज़बरदस्ती से भीड़ को चुप कराने की कोशिश करने लगे। भीड़ में इस वक़्त ग़ज़ब का समूह-बल था।

जूतों की थप-थप और कमरे में भगदड़ की आवाज़ें सुन प्राची रसोई में से दौड़ी आयी तो पाया घर का नक़्शा ही बदल गया है। भीड़ वहशियाना अन्दाज़ में दरवाज़े, खिड़कियों के शीशे, आलमारी के काँच, बोतलें तोड़ रही है, फर्नीचर उलट-पुलट दिया गया है, कुछ आदमी छत पर चढ़े जा रहे हैं और नीचे प्रेस में बेइन्तहा शोर और चीख़-पुकार है।

प्राची दौड़ते हुए बारजे पर गयी, "बबलू बबलू! बबलू कहाँ है? समाँ ओ समाँ, बबलू कहाँ है? मेरा बबलू, बबलू को देखा है नसीम भाई?" प्राची की हृदयविदारक चीख सुनने की किसकी ताब थी। प्राची भागती हुई नीचे गयी। वहाँ भीड़, धुआँ और शोर एक-दूसरे में होड़ बद रहे थे।

अब तक सारा टाइप मलबा बन चुका था। मशीनों की जंज़ीरें टूटीं, ज़मीन पर पड़ी थीं। काग़ज़-गोदाम से धुआँ उठ रहा था। चेतन कहीं नहीं दिखा।

वह बौखलायी हुई हाथ जोड़ती रही, "सुनिये फ़ाकिर मियाँ, आपने चेतन-बबलू को देखा? भाई साहब, आपने मेरा बबलू देखा! हमसे क्या ग़लती हो गयी दुक्खन भैया? मेरी एक बात तो सुनिये!"

इस वक़्त वह आदमियों से नहीं वहशियों से मुख़ातिब थी।

इतनी घबराहट में भी उसे यह उम्मीद हुई कि शायद चेतन बबलू को अपने साथ ले किसी महफ़ूज जगह पर चला गया हो। लेकिन सबसे ऊपर की छत पर चढ़कर उसकी यह उम्मीद भी ढह गयी। वहाँ उसने देखा चेतन अपनी दायीं बाजू बायें हाथ से थाम बड़ी तक़लीफ़ में रईस अहमद और उन जैसे कुछ बुज़ुर्गों को समझाने की कोशिश में लगा है।

प्राची कटे पेड़-सी जाकर चेतन पर गिर पड़ी, "चेतन, बबलू...! बबलू कहीं नहीं मिल रहा है!" वह बहुत ज़ोर से रो पड़ी।

रईस अहमद, मियाँ अशरफ़ और मिर्ज़ा के कान खड़े हो गये "हैं, बबलू कहाँ गया? आपके पास नहीं था क्या? यहीं कहीं होगा, हम देखते हैं!"

वे तेज़ी से सीढ़ियाँ उतर गये। उन्होंने प्रेस से एक-एक कर, भीड़ के सब आदमी, समझा-बुझाकर निकाले। चेतन से वे बोले, "माफ़ कीजियेगा भाई साहब, हमारा मक़सद यह क़तई न था। आप ग़लत न सोचें। मौक़ा बड़ा नाज़ुक था, इसलिए बलवा हो गया। बबलू खैर से होगा। हम पूरे मोहल्ले में पता लगाते हैं।"

तभी मोहल्ले की गूँगी लड़की शहनाज़ सहमी हुई अन्दर आयी।

देर तक वह धुएँ में आँखें मिचमिचाती खड़ी रही, फिर आकर उसने प्राची का आँचल पकड़ लिया।

प्राची ने उसे घपची में भरकर पूछा, "शहनाज़, तूने बबलू देखा, मेरा बबलू!"

शहनाज़ न सिर्फ़ गूँगी वरन् बहरी भी थी। फिर भी उसके ठूँठ कानों पर प्राची चिल्लाती रही, "बबलू, मेरा बबलू, बबलू..."

शहनाज़ चेतन की ओर देखकर हँसी।

चेतन को पता था ऐसे वह तभी हँसती थी जब उसे दस पैसा चाहिए होता था। चेतन ने कुर्ते की जेब से अठन्नी निकालकर उसकी हथेली पर रख दी। शहनाज़ ने गर्दन मटकायी फिर प्राची का आँचल खींचती उसे गली में निकाल लायी।

भीड़ अब तितर-बितर हो गयी थी। मार-पीट पर रोक-थाम के लिए पुलिस को आँसू-गैस छोड़नी पड़ी थी। भारी तादाद में पुलिस पैट्रॉल कर रही थी। बलवे के बाद की ख़ामोशी गली में छाती जा रही थी।

सारा कोल्हन टोला पार कर शहनाज़ नख़ासकोने में दाखिल हुई और सीधी मोती मंज़िल में घुस गयी।

यह नाड़ेवाले का घर था!

प्राची ने सामने बड़ी बी को देखा तो उन्हीं से लिपट गयी, "बहन जी, आपने मेरा बबलू देखा? आप भी तो वहीं थीं।"

तब तक मँझली बी टाट के पर्देवाली अपनी कोठरी से निकल आयी, ''ऐ हैं, इतना न घबराओ, हमहि ले आई रहीं!''

प्राची लपककर अन्दर गयी। कोठरी में बबलू सुख की नींद सो रहा था।

मँझली बी बोली, ''मोमिन से लेकर दूध पिया दिये हैं। हमरी छाती में दुपककर सोया रहा। नमाज़ का वक़्त रहा, अबहिन ओढ़ा-बिछाकर लेटाये हैं।''

पता नहीं प्राची ने उनकी बात सुनी या नहीं। वह बरसती आँखों से बबलू का मुँह, हाथ, पैर, आँखें, सिर चूम रही थी। बबलू को उसने आवेश में इतना कसकर चिपटाया कि वह जाग गया। एक क्षण वह प्राची की छाती में छुपा, फिर सिर उठाकर बोला, ''अम्माँ मारा-मारी हुई थी, ढिशुं-ढिशुं।''

मँझली बी ने झुककर बबलू का कान पकड़ा, ''तुमरी शैतानी आज कहर ढाय दिहिस। बच्चू तुमका हम न लै आते तो तुम्हार भुरता बन गवा होता पिट-पिट के।''

मँझली बी ने दंगा शुरू होते ही भीड़ के साथ उतरते समय बबलू को बुर्क़े में समेट अपने साथ कर लिया था। वे भागती हुई घर पहुँचीं और सबसे पहले उन्होंने बबलू को कोठरी में छुपा दिया। बबलू रोने लगा तो उन्होंने पाँच पैसे की जलेबी ख़रीद उसके आगे रख दी और कोठरी का दरवाज़ा बन्द कर दिया। वे ख़ुद कोठरी में तभी गयीं जब शोर और भगदड़ शान्त पड़ गये।

उन्होंने देखा बबलू ने सिसक-सिसककर गालों पर आँसुओं के नक़्शे बना डाले हैं। उसकी निकर भी गीली थी। मँझली बी ने निकर उतारकर एक तरफ़ डाल दी और उसे गोद में भर लिया। इस नन्हें बबलू को उन्होंने पैदा होने के रोज़ से देखा था। प्राची से वे अक्सर सिरदर्द की गोली लेने आया करती थीं और नन्हें बबलू को पालने में हाथ-पैर पटकते देख कहतीं, ''मेरा भैया बड़ा-सा होव, कड़वे नीम बराबर।''

महाउत्पाती बबलू जो कभी प्राची की गोद में भी नहीं टिकता था, उनसे चिपटकर न जाने कब सो गया।

प्राची बबलू को लेकर घर जाना चाहती थी लेकिन बड़ी बी ने डाँट दिया, ''अबहिन एक फिसाद और करावे का है! बैठ जाओ चुप्पे से!''

प्राची बोली, ''वे बड़ी फ़िक्र कर रहे होंगे बड़ी बी, बबलू को ढूँढ़ते कहीं दूर ही न निकल जायँ।''

''तो तुम जाव, बबलू हियाँ रही।''

बबलू रोने लगा, ''अम्माँ अम बी चलेंगे, अमको ले चलो।''

तभी ज़ैदी साहब चेतन को लेकर पहुँच गये।

उन्होंने बाहर से ही आवाज़ लगायी, ''मियाँ अहसान अली हैं?''

बड़ी बी, मँझली बी जल्दी-जल्दी अपनी कोठरियों के अन्दर हो गयीं। पर्दे की आड़ से बोलीं, "वे तो सुबह से बाहर गये हैं।"

प्राची लपककर बाहर आयी।

चेतन की बाँह बिलकुल लटक आयी थी।

प्राची के चेहरे की तरफ़ देखकर उसने चैन की साँस ली, "बबलू ठीक है?"

प्राची ने गर्दन हिलायी, "तुम डॉक्टर के पास चलो। यह क्या हालत हो गयी!"

तब तक बबलू ड्योढ़ी पर आ गया, "पापा, पापा...!"

चेतन ने हाथ आगे बढ़ाने की कोशिश की। घायल बाँह में दर्द चिलक उठा।

प्राची हड़बड़ी में बबलू को ज़बरदस्ती अन्दर करने लगी।

ज़ैदी साहब बोले, "घबराइये नहीं, अब कुछ नहीं होगा। चलिये आपको घर तक छोड़ आयें। डॉक्टर को ख़बर कर देते हैं या मैं भाई साहब के साथ अस्पताल चला जाता हूँ। चेतन भाई, आप मकान में ताला डाल यहीं आ जाइये।"

ताला डालने को वहाँ था ही क्या अब! यह बात वहाँ मौजूद तीनों के मन में बड़े तीखेपन से कौंधी। सब चुप रहे।

ज़ैदी साहब के संरक्षण में वे एक बार फिर घर में प्रविष्ट हुए।

बड़ी मुश्किल से प्राची कुर्सियों के औंधे ढेर और काग़ज़-टाइप के अम्बार पर पाँव धरती ऊपर गयी। स्टील की आलमारी से उसने पर्स निकाला। नीचे बड़े दरवाज़े के बाहर तक स्याही के ड्रम, स्टूल, लैड, ब्लॉक लुढ़के पड़े थे। अन्दर उनकी वर्षों की मेहनत का मलबा बना पड़ा था।

लेकिन रिक्शे में प्राची और बबलू के साथ बैठते हुए चेतन को लगा उसका कोई नुक़सान नहीं हुआ है। उसकी सबसे बड़ी उपलब्धि तो उसके पहलू में बैठी है।

●

आज़ादी

बहुत लाड़ करती थीं दादी मेरा।

कोठरी-आँगन पार करती हुई मैं आयी और दादी की पीठ पर झूल गयी, "दादी, मन नहीं लग रहा, जायें खेल आयें।"

दादी ने अपनी उँगली से सवा तोले की चमचमाती अँगूठी उतारी और छत की मोटी नाली में, जिसमें से बरसातों में परनाला गली में पड़-पड़ गिरता था, फेंक दी। मुझसे बोलीं, "जा ढूँढ़कर ला तो जानूँ।"

मैं कूदती-कूदती सीढ़ियाँ उतर गयी। नीचे गली की नाली में पानी के बहाव से अँगूठी आगे भागी जा रही थी। मैं नाली के साथ-साथ भागती गयी, भागती गयी। सात घटिया की नाली, अँगूठी पाना हँसी-खेल नहीं था। हाँफते-हाँफते निचाई तक पहुँची तो अँगूठी ज़मीन तले के गटर में ग़ायब हो चुकी थी।

जिस तेज़ी से गयी थी उसी सुस्ती से लौटकर छत पर पहुँचकर मैं बिसूरी, "दादी..."

दादी अपनी एक टाँग पर उठकर आयीं, "ख़बरदार जो रोयी", फिर पास आकर गोद में उठाकर कहा, "आज तेरे बाबा आयेंगे तो फिर नाप दे दूँगी।"

मैं ख़ुश हो गयी। पाँच साल की थी न, इसलिए यह पता नहीं चला कि पहली बार ही बनवाने में बाबा को कितनी मुश्किल आयी थी और साल-भर तक घर के हर ख़र्चे का हिसाब लगाते समय बाबा उस अँगूठी की क़ीमत बताया करते थे। इसी पर एक दिन दादी ने ग़ुस्से में अँगूठी चूल्हे में डाल दी, "लो ठण्डक पड़ी तुम्हारे अन्दर,

रू हो जाती।

ाहरवाले छप्पर में झूला पड़ जाता। हम सब छोटी-बड़ी झोंके दे-देकर झुलातीं और गातीं—

चले कैलास, बुंदियाँ पड़ने लगीं,
बोयी हरी-हरी मेंहदी, तो शिव जी ने बोय दई भंग...
लगीं।
चले कैलास, बुंदियाँ पड़ने लगीं।''

झुलातीं और अपना प्रिय गाना सुनातीं,—

पीहा बोले मैं जानूँ कोई आया रे।
रा बब्बू बेटा
ज़ें लाया रे,
चद्दर, माँ को धोती
चूड़ी लाया रे।
तीअर भूल आया, सौ-सौ नाम धराया रे।
पपीहा बोले...''

जिस चीज़ की ज़रूरत होती, गाने में उसी के अनुसार रद्दोबदल बेटा सबके लिए फितूरी, दुशाला, सूटर, चप्पल और न जाने हते, बस बुआ की चीज़ें भूलते रहते।

न काम करतीं और बड़बड़ाती रहतीं। झाड़ू लगातीं तो बड़बड़ातीं, बड़बड़ातीं, खाना बनाते-बनाते बड़बड़ातीं और सोते समय भी। मैं सारा दिन क्या बोलती रहती हो माँ, कुछ सुनायी भी नहीं देता ठीक

मीसतीं, ''तुझसे मतलब, तू सारा दिन उसके चील-कौए उड़ाया

रा में पढ़ते थे।

ोड़ी बड़ी हो गयी, मैंने देखा बाबू जब आगरे से लौटते, माँ, रात में देर ड़ा करतीं, ''हमारी मिट्टी क्यों ख़राब की ब्याह करके? या हमें ले चलो हाथ से ख़तम कर दो। हमसे नहीं होती सारी उमर बुड्ढे-बुड्ढी की । सारा दिन ऐसा लगता है जैसे तख़्त पर दो मेंढक बिठा दिये हों।'' स्सा हो जाते। गाली-गलौज़ तो उन्हें पसन्द नहीं थी, गुस्से के मारे अपनी कर दूर कोने में ले जाते।

लो यह लो, और लो,'' कहती हुई दादी अपनी चूड़ियाँ, कड़े और लच्छे भी आग में झोंकने लगी थीं कि माँ ने पीछे से उन्हें थाम लिया।

माँ से इसीलिए चिढ़ती थीं दादी। माँ ने बीच-बचाव किया नहीं कि दादी का पारा गर्म। फिर दादी पता नहीं क्या-क्या बकने लगतीं। उन्हें राँड़, हरामज़ादी कहने के साथ-साथ बाबा की पतुरिया कह डालतीं। तब बाबा तख़्त से उठकर आते और दादी को एक लात मारकर घर से बाहर चले जाते।

घर एकदम सन्न रह जाता। दादी न रोतीं न चीख़तीं, बस सतर अपने तख़्त पर बैठ जातीं। उनकी शक्ल कुछ अजीब ढंग से सख़्त हो जाती। वे अपने दायें हाथ का पंजा बार-बार फैलातीं, सिकोड़तीं, फिर एक टाँग पर उठकर माँ की कोठरी के सामने खड़ी होकर मुनादी करतीं, ''आज चूल्हा नहीं जलेगा बहू, ख़बरदार जो चौके में घुसी।''

माँ ने भी उन्हें जलाने की कसम खायी हुई थी। उनकी इस घोषणा के साथ-साथ माँ छींके पर से आलू उतारकर काटने लगतीं। दादी एक बार फिर गालियों की बौछार करती हुई, मुझे माँ के पास से छीनकर पूजावाली कोठरी में आ जातीं।

मैं उनका धचक-धचक चलना देखती और मज़ा लेती। दादी के गुस्से के बारे में मुझे सिर्फ़ इतना पता था कि अगर वे पूजा घर में धूप जलायें तो समझो गुस्सा उतरने ही वाला है।

फिर मैं धीरे से पूछती, ''दादी, पान खाओगी?''

और बस, दादी की घर-भर से सुलह हो जाती।

दादी के पान, चौके में रखे पानी के बड़े तमेड़े में पड़े रहते। सुबह-सुबह छिद्दू पान दे जाता और मैं कैंची से काट-काटकर उनकी लम्बी कतरनें बना देती।

दादी का कहना था, मुझसे पहले इस घर में कभी किसी ने उन्हें पान लगाकर नहीं खिलाया।

मैं तमेड़े में से पान की एक कतरन लेकर चौके के आले से पानदान लेती और सीधे हाथ की पहली उँगली से उस पर चूना-कत्था लगाती, सुपारी का चूरा रखती और पीले तम्बाक़ू की पाँच पत्तियाँ। कभी-कभी पान ले जाकर देने के सिलसिले में कतरन में से एकाध पत्ती या सुपारी खिसक जाती। दादी झट पहचान जातीं, ''आज हमारे लटूरबाबा पान बनाना भूल गये।''

मैं पूछती, ''दादी, क्या कम है, चूना-कत्था?''

''नहीं।''

''सुपारी?''

"नहीं।"

"फिर?"

"पत्ती।"

और मैं पत्ती लेने रसोई में भागती। कभी-कभी दादी नहाने को ग़ुसलख़ाने में घुस जातीं तो मेरा वक़्त न कटता। मैं ग़ुसलख़ाने की मोरी में झुककर झाँकती और उसी में से बातचीत शुरू हो जाती—

"दादी, कितनी देर लगाओगी?"

"अभी तो मैं पैर रगड़ रही हूँ।"

बिना ठहरे मैं कहती—

"और अब क्या कर रही हो?"

दादी जवाब देतीं, मैं फिर सवाल करती, वे फिर जवाब देतीं। मेरा नया सवाल हाज़िर होता। जब मोरी में से साबुन का झागदार पानी निकलता मैं ताली पीटती, "अहा हा, दादी जी नहा चुकीं, अहा हा।"

अगर माँ आँगन में होतीं मुझे देख-देखकर दाँत पीसतीं, "आना रात को मेरे पास, अच्छी तरह बताऊँगी।"

रात को दादी के पास सोने में मुझे डर लगता था। सोने से पहले वे बाबा के पैर दबाती थीं। कभी-कभी मैं सो जाती और बीच रात में पेशाब के लिए आँख खुलती तो देखती, दादी तब तक पैर ही दाब रही हैं।

मैं कहती, "दादी, सो जाओ।"

दादी लम्बी साँस लेतीं, "मैं तो अब लकड़ियों में ही सोऊँगी, ये मरे पैर मेरा दम ही खींच लेंगे किसी रोज़।"

और बाबा जिन्हें अनिद्रा की पुरानी बीमारी थी, चीख़ पड़ते, "ससुरी हमें गाली देती है, एक टाँग भगवान् ने ले ली, एक हम तोड़ देंगे, समझी।"

दादी-बाबा की लड़ाई में मैं बहुत अकेली पड़ जाती। दादी तड़ातड़ जवाब देती रहती थीं, फिर बाबा उठकर उन्हें दो-एक धौल जमाकर मुँह फेरकर लेट जाते।

मैं इसीलिए माँ के पास सोती थी।

माँ रात में मेरा गाल नोचते हुए घुड़कतीं, "आयी बड़ी दादी की मनैती, पढ़ना न लिखना, दिन-भर चुअरियों की तरह उसके कामों में लगे रहना। उसका क्या है, उसकी माँ कुँजड़न थी। वह तो पनवाड़न लगती है, तू भी पनवाड़न बनेगी!"

दिन में अगर किसी बात पर मैं माँ से रूठ जाती तो ये सब बातें दादी तक पहुँचा देती। और दादी का संवाद शुरू हो जाता, "हाँ-हाँ, हम कुँजड़न की बेटी ही,

पर तुम कोई कलट्
लिये-लिये चल बस
माँ मेरी तरफ़ दे
मैं उस दिन दाद
उस रात फिर मेरी
देती। दादी अपने कमरे
न लगाना, हाँ।"
मेरे बाल बहुत छोटे-
और कलाया बाँध देतीं, प
जाते। नाममात्र को कलाय
रखा था। मेरे और भी दर्जन
छुनछुना गरम कर दे बेटा।"
मैं चौके में जाकर वह क
था। दादी फिर उसमें एक कल
चढ़ा देतीं। उसका छुनछुन छुनछु
की हो जाती तो मैं चिल्लाती, "
दादी सँड़सी से उतारकर मेर
जातीं। मैं उनके सामने घुटने सि
लौकी-जैसी टाँग के पंजे में बँधे रूई
हटाकर देखतीं। इस पैर का छोटा-सा
जुड़ी उँगलियों में नाख़ून नहीं थे। दाद
रे, बड़ी टीस होती है चलते-चलते।"
मैं पूछती, "दादी, कब ठीक होगी
दादी रुई से पंजे पर हल्दी-सोंठ लग
बनेगा तब।"
और मैं निश्चय कर लेती कि छप्परवा
मुन्नालाल से भी बड़ी डॉक्टर बनूँगी। सबसे
अपने बाल, फिर बानू की गुड़िया, फिर...
ही करने के थे।
दादी टाँग की पीर भूलने के लिए कहतीं
"कौन-सी? दादी, वह सुनाओ चतुर कौए

दादी की कहानी शु
सावन में घर के
लड़कियाँ एक-दूसरी को
"शिवशंकर
गौरा जी ने
बुंदियाँ पड़न
शिवशंकर
कभी-कभी दादी मुझे
"बाग में
आया रे म
सौ-सौ ची
बाप को
मुन्नी को
बहन की
बाग में
घर में जिसक
होती रहती। बब्
क्या-क्या लाते र
माँ सारा दि
पानी भरतीं तो
पूछती, "यह तुम
से!"
माँ दाँत
कर।"
बाबू आग
जब मैं थ
तक उनसे झग
या यहीं अप
टहल-फिकिर
बाबू गु
खटिया खीं

लो यह लो, और लो,'' कहती हुई दादी अपनी चूड़ियाँ, कड़े और लच्छे भी आग में झोंकने लगी थीं कि माँ ने पीछे से उन्हें थाम लिया।

माँ से इसीलिए चिढ़ती थीं दादी। माँ ने बीच-बचाव किया नहीं कि दादी का पारा गर्म। फिर दादी पता नहीं क्या-क्या बकने लगतीं। उन्हें राँड़, हरामज़ादी कहने के साथ-साथ बाबा की पतुरिया कह डालतीं। तब बाबा तख़्त से उठकर आते और दादी को एक लात मारकर घर से बाहर चले जाते।

घर एकदम सन्न रह जाता। दादी न रोतीं न चीख़तीं, बस सतर अपने तख़्त पर बैठ जातीं। उनकी शक्ल कुछ अजीब ढंग से सख़्त हो जाती। वे अपने दायें हाथ का पंजा बार-बार फैलातीं, सिकोड़तीं, फिर एक टाँग पर उठकर माँ की कोठरी के सामने खड़ी होकर मुनादी करतीं, "आज चूल्हा नहीं जलेगा बहू, ख़बरदार जो चौके में घुसी।''

माँ ने भी उन्हें जलाने की कसम खायी हुई थी। उनकी इस घोषणा के साथ-साथ माँ छींके पर से आलू उतारकर काटने लगतीं। दादी एक बार फिर गालियों की बौछार करती हुई, मुझे माँ के पास से छीनकर पूजावाली कोठरी में आ जातीं।

मैं उनका धचक-धचक चलना देखती और मज़ा लेती। दादी के गुस्से के बारे में मुझे सिर्फ़ इतना पता था कि अगर वे पूजा घर में धूप जलायें तो समझो गुस्सा उतरने ही वाला है।

फिर मैं धीरे से पूछती, "दादी, पान खाओगी?''

और बस, दादी की घर-भर से सुलह हो जाती।

दादी के पान, चौके में रखे पानी के बड़े तमेड़े में पड़े रहते। सुबह-सुबह छिद्दू पान दे जाता और मैं कैंची से काट-काटकर उनकी लम्बी कतरनें बना देती।

दादी का कहना था, मुझसे पहले इस घर में कभी किसी ने उन्हें पान लगाकर नहीं खिलाया।

मैं तमेड़े में से पान की एक कतरन लेकर चौके के आले से पानदान लेती और सीधे हाथ की पहली उँगली से उस पर चूना-कत्था लगाती, सुपारी का चूरा रखती और पीले तम्बाकू की पाँच पत्तियाँ। कभी-कभी पान ले जाकर देने के सिलसिले में कतरन में से एकाध पत्ती या सुपारी खिसक जाती। दादी झट पहचान जातीं, "आज हमारे लटूरबाबा पान बनाना भूल गये।''

मैं पूछती, "दादी, क्या कम है, चूना-कत्था?''

"नहीं।''

"सुपारी?''

"नहीं।"

"फिर?"

"पत्ती।"

और मैं पत्ती लेने रसोई में भागती। कभी-कभी दादी नहाने को ग़ुसलख़ाने में घुस जातीं तो मेरा वक़्त न कटता। मैं ग़ुसलख़ाने की मोरी में झुककर झाँकती और उसी में से बातचीत शुरू हो जाती–

"दादी, कितनी देर लगाओगी?"

"अभी तो मैं पैर रगड़ रही हूँ।"

बिना ठहरे मैं कहती–

"और अब क्या कर रही हो?"

दादी जवाब देतीं, मैं फिर सवाल करती, वे फिर जवाब देतीं। मेरा नया सवाल हाज़िर होता। जब मोरी में से साबुन का झागदार पानी निकलता मैं ताली पीटती, "अहा हा, दादी जी नहा चुकीं, अहा हा।"

अगर माँ आँगन में होतीं मुझे देख-देखकर दाँत पीसतीं, "आना रात को मेरे पास, अच्छी तरह बताऊँगी।"

रात को दादी के पास सोने में मुझे डर लगता था। सोने से पहले वे बाबा के पैर दबाती थीं। कभी-कभी मैं सो जाती और बीच रात में पेशाब के लिए आँख खुलती तो देखती, दादी तब तक पैर ही दाब रही हैं।

मैं कहती, "दादी, सो जाओ।"

दादी लम्बी साँस लेतीं, "मैं तो अब लकड़ियों में ही सोऊँगी, ये मरे पैर मेरा दम ही खींच लेंगे किसी रोज़।"

और बाबा जिन्हें अनिद्रा की पुरानी बीमारी थी, चीख़ पड़ते, "ससुरी हमें गाली देती है, एक टाँग भगवान् ने ले ली, एक हम तोड़ देंगे, समझी।"

दादी-बाबा की लड़ाई में मैं बहुत अकेली पड़ जाती। दादी तड़ातड़ जवाब देती रहती थीं, फिर बाबा उठकर उन्हें दो-एक धौल जमाकर मुँह फेरकर लेट जाते।

मैं इसीलिए माँ के पास सोती थी।

माँ रात में मेरा गाल नोचते हुए घुड़कतीं, "आयी बड़ी दादी की मनैती, पढ़ना न लिखना, दिन-भर चुअरियों की तरह उसके कामों में लगे रहना। उसका क्या है, उसकी माँ कुँजड़न थी। वह तो पनवाड़न लगती है, तू भी पनवाड़न बनेगी!"

दिन में अगर किसी बात पर मैं माँ से रूठ जाती तो ये सब बातें दादी तक पहुँचा देती। और दादी का संवाद शुरू हो जाता, "हाँ-हाँ, हम कुँजड़न की बेटी ही,

पर तुम कोई कलट्टर की जाई नहीं हो। तुम्हारा बाप भी वही परचूनिया रहा, तराजू लिये-लिये चल बसा। किरिया करम में बीस आदमी न जुड़े..."

माँ मेरी तरफ़ देखतीं और अंगारा बनती जातीं।

मैं उस दिन दादी का आँचल न छोड़ती।

उस रात फिर मेरी पिटायी होती। बचाव के लिए मैं ज़ोर-ज़ोर से रोना शुरू कर देती। दादी अपने कमरे से पुकारतीं, "मुन्नी, मुन्नी, री बहू, मेरे लटूरबाबा को हाथ न लगाना, हाँ।"

मेरे बाल बहुत छोटे-छोटे थे। दिन में तीन बार दादी कस-कसकर चोटी करतीं और कलाया बाँध देतीं, पर मेरे बाल फिर आगे-पीछे से निकलकर आँखों पर बिखर जाते। नाममात्र को कलाया बँधा रह जाता। इसलिए दादी ने मेरा नाम लटूरबाबा रखा था। मेरे और भी दर्जनों नाम थे। दादी कहतीं, "डॉक्टर मुन्नालाल, ज़रा मेरा छुनछुना गरम कर दे बेटा।"

मैं चौके में जाकर वह कटोरा उठाती जो घी और हल्दी से हमेशा पीला रहता था। दादी फिर उसमें एक कलछी घी, हल्दी और पिसी हुई सोंठ डालकर चूल्हे पर चढ़ा देतीं। उसका छुनछुन छुनछुनाना मुझे बड़ा अच्छा लगता। जब हल्दी नारंगी रंग की हो जाती तो मैं चिल्लाती, "दादी, छुनछुना तैयार है।"

दादी सँड़सी से उतारकर मेरे सहारे से धचक-धचक चलती हुई कमरे में आ जातीं। मैं उनके सामने घुटने सिकोड़कर बैठ जाती। दादी अपनी सूखी पतली लौकी-जैसी टाँग के पंजे में बँधे रूअड़ के पुलिन्दे पर से पट्टी उतारतीं और रूअड़ हटाकर देखतीं। इस पैर का छोटा-सा पंजा था, मेरे हाथ बराबर और उसकी छोटी-छोटी जुड़ी उँगलियों में नाख़ून नहीं थे। दादी दोनों हाथों से पैर थामकर कहतीं, "अरे राम रे, बड़ी टीस होती है चलते-चलते।"

मैं पूछती, "दादी, कब ठीक होगी तुम्हारी टाँग?"

दादी रुई से पंजे पर हल्दी-सोंठ लगातीं, "जब मेरा लटूरबाबा डॉक्टर मुन्नालाल बनेगा तब।"

और मैं निश्चय कर लेती कि छप्परवाली गली के नुक्कड़ पर बैठनेवाले डॉक्टर मुन्नालाल से भी बड़ी डॉक्टर बनूँगी। सबसे पहले दादी की टाँग ठीक करूँगी, फिर अपने बाल, फिर बानू की गुड़िया, फिर... मेरी समझ में यह सब काम डॉक्टर के ही करने के थे।

दादी टाँग की पीर भूलने के लिए कहतीं, "मुन्नी री कहानी सुनेगी?"

"कौन-सी? दादी, वह सुनाओ चतुर कौएवाली।"

दादी की कहानी शुरू हो जाती।

सावन में घर के बाहरवाले छप्पर में झूला पड़ जाता। हम सब छोटी-बड़ी लड़कियाँ एक-दूसरी को झोंके दे-देकर झुलातीं और गातीं—

"शिवशंकर चले कैलास, बुंदियाँ पड़ने लगीं,
गौरा जी ने बोयी हरी-हरी मेंहदी, तो शिव जी ने बोय दई भंग...
बुंदियाँ पड़ने लगीं।
शिवशंकर चले कैलास, बुंदियाँ पड़ने लगीं।"

कभी-कभी दादी मुझे झुलातीं और अपना प्रिय गाना सुनातीं,—

"बाग में पपीहा बोले मैं जानूँ कोई आया रे।
आया रे मेरा बब्बू बेटा
सौ-सौ चीज़ें लाया रे,
बाप को चद्दर, माँ को धोती
मुन्नी को चूड़ी लाया रे।
बहन की तीअर भूल आया, सौ-सौ नाम धराया रे।
बाग में पपीहा बोले..."

घर में जिसको जिस चीज़ की ज़रूरत होती, गाने में उसी के अनुसार रद्दोबदल होती रहती। बब्बू बेटा सबके लिए फितूरी, दुशाला, सूटर, चप्पल और न जाने क्या-क्या लाते रहते, बस बुआ की चीज़ें भूलते रहते।

माँ सारा दिन काम करतीं और बड़बड़ाती रहतीं। झाड़ू लगातीं तो बड़बड़ातीं, पानी भरतीं तो बड़बड़ातीं, खाना बनाते-बनाते बड़बड़ातीं और सोते समय भी। मैं पूछती, "यह तुम सारा दिन क्या बोलती रहती हो माँ, कुछ सुनायी भी नहीं देता ठीक से!"

माँ दाँत पीसतीं, "तुझसे मतलब, तू सारा दिन उसके चील-कौए उड़ाया कर।"

बाबू आगरा में पढ़ते थे।

जब मैं थोड़ी बड़ी हो गयी, मैंने देखा बाबू जब आगरे से लौटते, माँ, रात में देर तक उनसे झगड़ा करतीं, "हमारी मिट्टी क्यों ख़राब की ब्याह करके? या हमें ले चलो या यहीं अपने हाथ से ख़तम कर दो। हमसे नहीं होती सारी उमर बुड्ढे-बुड्ढी की टहल-फिकिर। सारा दिन ऐसा लगता है जैसे तख़्त पर दो मेंढक बिठा दिये हों।"

बाबू गुस्सा हो जाते। गाली-गलौज़ तो उन्हें पसन्द नहीं थी, गुस्से के मारे अपनी खटिया खींचकर दूर कोने में ले जाते।

बाबू के आने पर दादी इतनी ख़ुश हो जातीं कि लगता वे बिलकुल ठीक हो गयी हैं, न उनका पैर दुखता, न आँखें पनियाती हैं। उस दिन वे अपने हाथ से खाना बनातीं और सामने बैठाकर खिलातीं। मैं सोचती, बाबू जल्दी-जल्दी आया करें तो कितना अच्छा हो।

एक बार बाबू आगरे से लौटने पर टीन का एक कंघा लाये। घर आने पर दादी ही उनका बक्स खोलती थीं। कंघा निकालकर बोलीं, "मेरे लिये लायौ?"

बाबू सिर खुजाने लगे, "अम्माँ, रास्ते में बाल बिगड़ जाते हैं हवा से, येई मारे ले आयौ।"

दादी ने चुपचाप कंघा वापस रख दिया।

जब बाबू चले गये, तो एक दिन मैंने देखा, माँ उसी कंघे से बाल सँवार रही हैं। मैंने फ़ौरन जाकर दादी से कहा।

दादी तख़्त पर से उठकर आयीं, "खसम से लेकर इतरा रही है। ये छिछोरपना यां न करियो। हम भी कहें, छोरे का दिल क्यों रत्ती-रत्ती हुऔ जाय है, माँ को देने के नाम पर!"

दादी सारा दिन कुपित रहीं। माँ जहाँ खड़ी होतीं उनके पीछे-पीछे पहुँच घुड़कने लगतीं–

"चिट्ठी लिखी थी बड़के को?"

"हमसे कहती तो कंघा न मिलता?"

"रोज़ पत्तियाँ काढ़ा करेगी का?"

माँ ने कुछ नहीं कहा। बाल बाँधकर विजयी मुस्कान के साथ कंघा आले में रख दिया।

शाम को दादी ने मुझसे कहा, "मुन्नी, ज़रा वह कंघा तो उठा ला।"

हम दोनों उस समय छत पर बैठे थे। मैंने नीचे जाकर आले में से कंघा लाकर दे दिया। दादी ने झट कंघा उस मोटी नाली में डाल दिया जिसमें से बारिशों में परनाला पड़-पड़ गिरा करता था। मैंने मचलकर कहा, "दादी, ढूँढ़कर लाऊँ?"

दादी ने आँख दिखायी, "पैर तोड़ देंगे, ख़बरदार।"

घर में दो लोगों से दादी की बिलकुल नहीं पटती थी। हम थे कुल चार। मैं बड़ी फूली फिरती थी, दादी की चहेती जो थी। माँ से निपटने के बाद बाबा का नम्बर आता था। छत की दीवार से जुड़ी लेकिन घर के बाहर जो कोठरी थी उसी में दुकान थी।

मेरे मन में दुकान को लेकर हमेशा कौतुक बना रहता था। दुनिया-भर का सामान बाबा उस छोटी-सी दुकान में रखते थे। दादी कभी हल्दी, कभी दाल के लिए मुझे दुकान की तरफ़ रवाना कर देतीं। मैं पहले झिर्री में से झाँककर देखती, बिलकुल बाइस्कोप का मज़ा आता। बोरों के पीछे चूहों की धमाचौकड़ी कभी दिख जाती तो दिन दिलचस्प हो जाता। फिर मैं दुकान के सामनेवाले दरवाज़े पर जाकर बाबा से चीज़ की फ़रमाइश करती। बाबा खाली बैठे होते तो भी एक बार मना ज़रूर करते, "चल भाग, दुकानदारी न ख़राब किया कर सुबह-सुबह।" मैं फिर भी न जाती। वहीं फ्रॉक समेटकर बैठ जाती। तब पिण्ड छुड़ाने के लिए बाबा पुड़िया बाँधकर मेरी तरफ़ फेंक देते।

दादी को यह सब पसन्द नहीं था। बाबा दुकान से काफ़ी हुज्जत के बाद सिर्फ़ एक दिन का सामान निकालकर देते थे। अगले दिन फिर वही खींचातानी। दादी ने कई बार कहा कि तराज़ू से तोलकर सेर पक्की दाल और पंसेरी चावल अलग रख दें, पर बाबा इसे फ़िज़ूलख़र्ची मानते थे। वे कहते, "ज़्यादा दिखेगी तो ज़्यादा उठेगी।" एक बार तो वे काली मिर्च की डिबिया चौके से उठाकर ले गये कि ये आठ रुपये की बिक जायेगी।

हम लोग कभी-कभी विश्रान्तघाट जाते थे। वहाँ औंधे पड़े कछुए देख मुझे डर लगता और मज़ा भी आता। दादी उन्हें छू-छूकर दूर भगा देतीं और देर तक नहातीं। वहाँ उनकी कुछेक सहेलियाँ मिल जातीं। कपड़े बदलते, माला फेरते दुनिया-जहान की बातें कर ली जातीं। ऐसी बातचीत के दौरान ही दादी को मनसा ने बताया कि डैम्पियर पार्क में एक बड़ा लायक़ डॉक्टर आया है, वकीलनी की टाँग ऐसी ठीक की है कि कल तक बिस्तर पर हाय-हाय चिल्लानेवाली वकीलनी आज दगड़-दगड़ करती फिर रही है। दादी सुनकर बहुत ख़ुश हुईं, "आज जमना मैया ने हमारी सुन ली, हम अभाल (अभी हाल) जायेंगे वहाँ।"

जितनी तेज़ वे चल सकती थीं, उतनी तेज़ चलती हुई वे घर आयीं और बिना सुस्ताये सीधी बाबा की दुकान की चौखट पर खड़ी हो गयीं, "अजी डैम्पियर पार्क में एक बड़े डागडर आये हैं, हमें दिखाय लाओ।"

बाबा को बात पसन्द नहीं आयी, "का भयो है तोय?"

दादी को गुस्सा आ गया, "तुम हमारी दूसरी टाँग भी तोड़ दो, न रहेगा बाँस न बजेगी बाँसुरी।"

बाबा बोले, "अच्छे डागडर की फ़ीस भी अच्छी होगी, का फ़ायदा? तुम्हें कौन ब्याह रचाना है। मर्ज़ और कर्ज़ समय पाकर जाते हैं बब्बू की माँ। डागडरन की चीर-फाड़ से तो ये जनम भी ख़राब वा जनम भी ख़राब।"

दादी दुकान से हट आयीं। मैंने दोपहर में कहा, "चलो दादी, चुपके से डॉक्टर को दिखा आयें।"

दादी कुछ नहीं बोलीं, बस मुझे कसकर छाती से लगा लिया। उस दिन के बाद से उन्होंने पैर में छुनछुना लगाना भी बन्द कर दिया।

पता नहीं क्यों दादी के अगर फोड़ा-फुन्सी निकलती तो वह जल्दी ठीक नहीं होती थी। वह धीरे-धीरे फैलती जाती फिर उसमें मवाद पड़ जाता। दादी आँगन के नीम की पत्तियाँ पीसकर उस पर बाँधतीं पर फोड़ा बहुत दिनों बाद ठीक होता। अब तो उन्होंने यह सब भी बन्द कर दिया था।

माँ कभी दादी के पास नहीं बैठतीं। काम में लगी रहतीं और जब काम न करती होतीं तो अपनी कोठरी में आँखों पर हाथ रखकर पड़ी रहतीं। मैं जाकर पूछती, "माँ, क्या बात है, थक गयी हो?"

वे कुछ नहीं बोलतीं।

मैं कहती, "कहाँ-कहाँ दर्द है, लाओ दबा दूँ।"

माँ मेरा हाथ झटक देतीं, "जा भाग उसी के पास।"

एक बार बाबू आगरे से लौटे, उनके बक्से में से कुछ लड्डू निकले, सूख गये थे लेकिन थे स्वादिष्ट। बाबू ने सबको एक-एक दिया, "हमारे कॉलेज में बँटे थे, आज़ादी मिल गयी उसी ख़ुशी में पन्द्रह अगस्त को बाँटे गये।"

दादी चौंक उठीं, "का मिल गयौ है?"

"आज़ादी, आज़ादी, अब हम ग़ुलाम नहीं रहे, हमारा अपना राज हो गया। गाँधी बाबा ने सुराज दिला दियौ है।"

"अब का हौगो?"

"हौगो का? इतनी बड़ी बात है, तुम समझ नहीं रही हो तो का करें! सबको आज़ादी मिल गयी अब।"

मैं बिना समझे ताली बजाने लगी, "अहा जी-अहा जी, आज़ादी मिल गयी अहा जी।"

दादी अचम्भे से बोलीं, "सबौ को मिल गयी?"

"हाँ, हाँ।"

उन्होंने एक लम्बी साँस खींची, "हमें ना मिलौ गाँधी बाबा नहीं वासे कहती एक ठो फितूरी दिलाय दे, आज़ादी का कहा करौं, न ओढ़बे की चीज़ न बिछावे की!"

बाबू खिन्न हो गये, "तुम्हें कुछ भी समझाना बड़ा मुश्किल है अम्माँ।"

दादी ने अपना लड्डू थोड़ा-सा चखकर मुझे ही दे दिया। माँ ने अपने हिस्से का लड्डू अनखाया रसोई की पड़हरी पर रख दिया, जहाँ नज़र पड़ते ही चील की तरह झपट्टा मार मैं उठाकर खा गयी।

बाबू इस बार घर पर पूरे वक़्त पढ़ते ही रहे। मेरे लिये भी एक किताब लाये थे और सुबह-सुबह पढ़ाते थे। जब मैं जल्द समझ लेती तो माँ की ओर देखकर कहते, "मुन्नी की बुद्धि में कोई खोट नहीं। बस निचावली नहीं बैठती, यही मुश्किल है।"

बाबा घर में होती चहल-पहल से बेख़बर अपनी दुकान में गद्दी पर बैठ गल्ला गिनते रहते।

एक दिन ब्यालू के बाद बाबू से बोले, "बब्बू, तेरी पढ़ाई ख़तम भये वाली है, दुकान-गद्दी सँभारौ अब। मैं बहौत थक गयौ हूँ।"

बाबू सन्न रह गये।

बाबा बोले, "आख़री साल है न जे?"

"हाँ बाऊ जी।"

"तो बस इस बार तुम हिसाब-किताब समझ लो। दीवाली पर बहीखाता, बाँट-तराजू तुम्हीं पूजना आय के।"

"दुकान पर बैठने के लिए मैं एम.ए. नहीं कर रहा हूँ बाऊ जी, मैं ज़ोरों से नौकरी ढूँढ़ रहा हूँ, पास होने तक मिल ही जायेगी।"

बाबा एकदम भड़क गये, "नहीं बैठेंगे का मतलब! का इसीलिए तुझे पढ़ायौ है कि तू पढ़-लिखकर कुर्सी तोड़े! ससुरी फ़ीस भरी है जनम-भर। मर-मरकर पढ़ायौ है कि लोगों के सामने छाती ठोककर कहैं, देखो मेरे छोरा ऐ, सोलह क्लास पढ़ौ है।"

बाबू दबी ज़ुबान में बोले, "लेकिन मैंने तो बूरा तोलने के लिए पढ़ाई नहीं की।"

"मोपै नाँय तेरी फ़ीस के रुपे, चाहे जा कान सुन चाहे वा कान। पिछला रुपया भी मुझे लौटाल दे जो अपनी मैया का दूध पिये हौ।"

दादी बीच में बोलीं, "अभी उमर का है, फिर नौकरी करेगा तबौ रुपये घर में आयेंगे।"

"चुप रह, तोय का समझ है। कल को अलगौझा हुआ तो पैसा अपने बटुए में रखेगौ कि नहीं?"

इतनी दूर की कौड़ी दादी को सूझी नहीं थी। चाहती तो वे भी थीं कि बाबू उनकी आँखों के सामने रहें, लेकिन इस वक़्त वे चाहती थीं कि बाबू के आने पर घर में सब राज़ी-ख़ुशी रहें, लड़ाई-झगड़ा न हो।

इसी वजह से माँ को भी बार-बार कहती थीं, "हँसी-ख़ुशी काम किया कर, सूजा हुआ म्होंड़ौ बब्बूऐ ज़रा पसन्द नहीं।"

माँ तमककर कहतीं, "हमें तो बंसीवाले ने ऐसा ही बनाकर भेजा है, ऐसे ही रहेंगे, शक्ल उधार कहाँ से लायें?"

बाबू भुनभुनाते घर में घूमते रहे, "अजीब क़िस्सा है ये, पढ़-लिखकर भी बाट-तराज़ू से सिर फोड़ो! पढ़ने का क्या फ़ायदा अगर अपना रास्ता चुनने की आज़ादी न हो!"

दादी ने सुनकर उसाँस भरी, "तोय तो फिर भी कछु है, मोय देख! ये इतनौ बड़ौ फोड़ौ है पीठ पे पर तेरे बाऊ जी जर्राह के नहीं ले जाते। रे बब्बू, तेरी नौकरी लगे तो सबसे पहले मोय डागडर के ले चलना।"

बाबू बोले, "तुम मेरे पास ही रहा करना अम्माँ।"

पीठ के फोड़े में चीरा लगाना था। चीरा लगाने के जर्राह सात रुपये माँग रहा था। जब-तब फोड़े का मवाद दर्द के चपक्के मारता, दादी कराहती हुई जर्राह से जाकर हुज्जत कर आतीं। जर्राह कभी टस-से-मस न हुआ। दादी दुःखी होकर कहतीं, "अच्छी आज़ादी आयी मरे चीर-फाड़ के भी रुपये लगने लगे। पहले यही जर्राह एक सेर गुड़ लेकर चीरा लगाबे था।"

बाबा ने समझाया, "अरी मैं तो कहूँ इसे बिलकुल न छेड़! पुल्टिस बाँधे जा, ससुरा आपई फूटैगो।"

फोड़ा नहीं फूटा। धीरे-धीरे सारे शरीर में मवाद फैल गया। तख़्त पर लेटे-लेटे वे कराहतीं, किसी से कुछ न माँगती न पूछतीं।

गली की पाठशाला में मेरा नाम लिखा दिया गया था। नयी सहेलियों, नयी किताबों में मैं मशगूल हो गयी, फिर भी सुबह स्कूल जाने से पहले और स्कूल से लौटने पर सबसे पहले मैं दादी के पास ही दौड़ी आती, "दादी, मैं स्कूल जा रही हूँ," "दादी, मैं आ गयी।" दादी मेरे सिर पर हाथ फेरकर चूम लेतीं। दो, तीन और चार का पहाड़ा दादी के पास बैठकर ही याद किया था मैंने। याद कर मैं उन्हें सुनाती, वे आँखें बन्द कर सुनती रहतीं।

एक दिन स्कूल में सफ़ेद कपड़े पहनकर आने के लिए कहा गया। सुबह-सुबह पन्द्रह अगस्त का जलसा था। मैं मुँह अँधेरे नहाकर तैयार हो गयी। स्कूल जाने से पहले दादी की कोठरी में गयी, "दादी, आज आज़ादी का दिन है, हम स्कूल जा रहे हैं, तिरंगा झण्डा फहराया जायेगा।"

दादी बोलीं, "री मुन्नी, थोड़ी आज़ादी मेरे लिये भी ले आना पुड़िया में बाँध कै।"

मैं हँस पड़ी।

जन-गण-मन गाने के बाद बहन जी ने सबको लाइन में खड़ा करके बताशे बाँटे। दोना-भर बताशे थे लेकिन हम लड़कियों को लग रहा था, जैसे झउआ भर हों। कई लड़कियों ने तो उसी समय अपना हिस्सा चबा डाला। मैंने दो बताशे मुँह में डाले और चूसती रही। घर आते हुए मैंने सोचा आधे दादी के लिए रख दूँगी और दादी को आज जन-गण-मन भी गाकर सुनाऊँगी।

कोठरी में जाकर मैंने पीठ पीछे हाथ ले जाकर कहा, "देखो दादी मैं सच्ची-मुच्ची आज़ादी लायी हूँ पुड़िया में बाँधकर।"

यह क्या! दादी न हँसीं, न बोलीं, न मेरी तरफ़ करवट लीं।

मैं झपटकर दादी के पास पहुँच उन्हें हिलाने लगी।

दादी आसानी से नहीं हिलीं। उन्हें वाक़ई आज़ादी मिल चुकी थी!

●

अनावश्यक

बच्चा गोद में पड़ा चिल्ला रहा था। वह पाँच दिन से लगातार चिल्ला रहा था। पाँच दिन पहले मैं चिल्लाती रही थी। अब मैं शान्त थी, हलकी, निश्चिन्त और कमज़ोर। नहीं मैं ग़लत कह रही हूँ। मैं न हलकी थी न निश्चिन्त। मैं कुढ़ रही थी। मेरा मन हो रहा था, अभी, इसी क्षण बच्चे के लम्बे-लम्बे नाख़ून उग आयें और पैने-पैने नुकीले दाँत जिनसे वह सबको बकोट डाले या काट खाये। मैं चाहती थी वह अचानक जिन्न की तरह बड़ा हो जाये, हृष्ट-पुष्ट और विशाल और इस कमरे में बैठे इन सारे लोगों को कान पकड़कर बाहर निकाल दे—ये लोग, जो, जब से वह पैदा हुआ है, उसे किर्च-किर्च बाँट रहे हैं : उसकी शक्ल उसके बाप पर, उसका रंग उसके ताऊ पर, उसकी उँगलियाँ उसकी बुआ पर, उसकी आँखें उसकी ताई पर, उसकी हगनी-मुतनी...यहाँ तक कि मेरे पास उसका कुछ भी नहीं बचा है जिसे मैं अपना कह सकूँ। सिर्फ़ जब वह चिल्लाता है, अनुभवी लोग मुँह बनाकर सिर हिलाते हैं कि हाँ उसका स्वभाव मेरे ऊपर गया है। अगर बड़ा होकर यह नागरवाला या माधोसिंह निकला तो लोग क्या कहेंगे। मुझे बेफ़िक्र रहना चाहिए, लोग कुछ-न-कुछ कह लेंगे। लोग हमेशा कहते रहते हैं।

बहरहाल मुझे उसके बड़े होने का बेसब्री से इन्तज़ार है। उसे बड़ा होने में वर्षों लगेंगे। मुझे इन्तज़ार से चिढ़ है। मैंने ये पिछले महीने एक सख़्त चिढ़ में गुज़ारे हैं। उन दिनों मैं एक बेहद इन्तज़ार में थी। उन दिनों शहर भर की औरतें मेरे पास आतीं,

सद्भावना और सह-अनुभूति के बोझे ले। वे बतातीं उन्होंने अपने-अपने पप्पू कितनी मुश्किल से पैदा किये, डॉक्टर ने कितनी फ़ीस ली और मुहल्ले में कितने किलो लड्डू बँटे। इन बातों में मेरी कोई दिलचस्पी नहीं थी। मेरी दिलचस्पी बच्चा पैदा करने में भी नहीं थी। मैं अपना बाक़ी जीवन फेमिना पढ़ने, कोज़ीनुक में कॉफी पीते, सिविल लाइन्स में शॉपिंग करते गुज़ारना चाहती थी। मैं नहीं चाहती थी यह तमाशा-देखू भीड़, ये नर्सें, ये पेट पर पड़े टाँके और यह क़ैद। पर ये सब मेरी मूर्खता के पुष्ट प्रमाण थे और मैं जो अपने को बड़ी तेज़, बड़ी चतुर मानती थी, एक औसत बेवकूफ़ औरत की तरह खाँसती हुई बिस्तर पर पड़ी थी।

इन पाँच दिनों में अस्पताल में सैकड़ों बच्चे पैदा हो चुके थे। कहते हैं जिस रात यह पैदा हुआ, उस रात सबसे ज़्यादा बच्चे पैदा हुए। पैदा होते ही औसतपन में शरीक हो जाना कैसा लगता होगा। अब ये सब बच्चे चींटी की चाल से बड़े होंगे और जब तक ये दोस्त बनने की हैसियत पर पहुँचेंगे, इनके माँ-बाप बूढ़े हो चुके होंगे।

लोग मुझसे पूछ रहे हैं इसका नाम क्या है। मैंने कहा मैंने इस बारे में अभी सोचा नहीं। लोग उलाहना दे रहे हैं मैं अब तक क्या करती रही। मुझे कम-से-कम नाम सोचकर तैयार रखना चाहिए था और दो-एक स्वेटर। मेरा मन होता है ज़ोर से चिल्लाऊँ—"भाइयो और बहनो, इसका नाम बबलू है, इसका वज़न दो किलो पचास ग्राम है, इसे हम अमूल पिलायेंगे। बड़ा होकर यह सेण्ट जोज़फ़ में जायेगा। यह हमें बाबा ब्लैकशीप सुनायेगा जिसे सुन-सुनकर हम निहाल हुआ करेंगे। यह अपने माँ-बाप को ममी-डैडी कहा करेगा। यह अपनी सालगिरह पर मोमबत्तियाँ बुझायेगा। यह पहली गाली अंग्रेज़ी में देना सीखेगा। यह बाटा के जूते पहनेगा, यह टाटा का तेल लगायेगा; यह...आप लोग सब्र रखिये, यह ये सब करेगा।"

मैं निश्चय करना चाहती हूँ कि मैं इसे स्कूल नहीं भेजूँगी; मैं इसे 'द रेनबो', कविता याद न होने पर नहीं पीटूँगी; मैं इसे नौकरियों के लिए अर्ज़ियाँ नहीं भेजने दूँगी। पर मेरा चालाक विवेक कहता है मैं इससे यह सब करवाऊँगी और जब खूसट बुढ़िया हो जाऊँगी तो सारा दिन टर्र-टर्र कर इसका और इसकी बीवी का जीना हराम करूँगी। इसी सन्दर्भ में मैं इस नतीजे पर पहुँचना चाहती हूँ कि हिन्दुस्तानी औरत कभी सौम्यतापूर्वक बूढ़ी होना नहीं सीखेगी। पचास पार करते ही वह घर में एक असभ्य उपस्थिति हो जायेगी।

बिना चाय के छोटे-छोटे स्टूलों पर बैठे-बैठे लोग ठण्डे पड़ गये हैं। वे खिसकने की ताक में हैं। उनके चेहरों पर, उठते समय, एक हलकी उदासी है—अपने बच्चे बड़े हो जाने की—और एक ख़ुशी—हमारे फँस जाने की। इससे पहले हम इस शहर

के सबसे सैलानी दम्पती माने जाते थे। जेबों और पर्स में ज़्यादा-से-ज़्यादा सिगरेटें भर हम निकल पड़ते थे शिकार पर; ग़लत-सही सड़कों का, आलसी दोस्तों का, समय का और चाय की दुकानों का। मैं इन्हें रोककर कहना चाहती हूँ कि अगले हफ़्ते मैं बदस्तूर कोज़ीनुक में मिलूँगी पर मेरे बोलने से पहले ही वे "तुम भी भुगतो" के अन्दाज़ में विदा ले कमरे से बाहर हो जाते हैं।

हे ईश्वर! अब हमारे इन सपनों का क्या होगा जो हमारे बिलकुल आपस के थे और जिनमें यह बच्चा किसी भी तरह फिट नहीं हो सकता। हम अगली गर्मियाँ पहाड़ पर बिताना चाह रहे थे। उससे अगली छुट्टियों में हम कमलेश से मिलने इंग्लैण्ड जानेवाले थे। हम फ्लाइंग सीखना शुरू करनेवाले थे, हम गजधर में बियर पीनेवाले थे। अब हम क्या कर सकेंगे। अब हम ग्राइप वॉटर ख़रीदते नज़र आया करेंगे। मेरा गणित कहता है यह तीन साल पहले आ गया है। उसका गणित कहता है यह बिलकुल सही समय पर आया है। वह कहता है यह चाकलेट चूसता हुआ हर जगह हमारे आगे-आगे दौड़ता चलेगा। पर यह सब तभी होगा जब मैं, मेरे अन्दर का हिस्सा, साबुत, घर पहुँचेगा। नहीं, मेरे अन्दर का हिस्सा अब खँडहर हो गया है, वह मुझे कभी वापस नहीं मिलेगा। मैं तो हवाई जहाज़-सी गिरी हूँ। अब मुझे सब-कुछ भूल जाना है—यह, कि हमारे घर सुबह-सुबह अख़बार आता है; यह कि मुझे नौ बजे तक सोना पसन्द है, यह कि मैं चाय एकदम गर्म पीती हूँ और यह कि मुझे साड़ी की इस्त्री और कलफ़ विशेष प्रिय हैं। मुझे अब स्त्रियोचित गुणों से मण्डित होना है। यानी मुझे कुछ प्रतिशत यशोदा मैया और कुछ प्रतिशत ललिता पवार बनना है।

यहाँ से जाकर मैं तुरन्त अपने को किसी मनश्चिकित्सक को दिखाना चाहती हूँ। पर इस छोटे शहर में वह मिलेगा कहाँ। यहाँ तो गली-गली, हकीम और होमियोपैथ का बोलबाला है। ख़ैर तय है कि मुझमें ज़रूर कोई नैसर्गिक कमी है। क्यों नहीं मैं इस घटना से विभोर हो उठती, क्यों नहीं मेरा मन लोरी गाने को करता, क्यों नहीं मेरी छातियों में दूध दौड़ आता, क्यों नहीं मैं पालना अपने पास रखवा लेती! शायद मेरा स्वभाव ही ख़राब है। मैंने प्रसन्न होना कभी सीखा ही नहीं। तब भी नहीं जब पहली ही कोशिश में मैंने पहले दर्जे का पति प्राप्त कर लिया था जो अपनी कुल जान-माल समेत मुझ पर फ़िदा हो गया था। यह मेरे अन्दर, हर समय हाय-हाय क्यों मची रहती है। इधर मैं सोचने लगी हूँ, यह ज़रूर कोई सृजनात्मक हाय-हाय है। लिहाज़ा मैंने बावन रुपये साठ पैसे की बॉम्बे डाइंग की साड़ी ख़रीदी और फैब्रिक-पेण्ट्स। खाने की मेज़ पर मैंने साड़ी फैलाकर लाल पेन्सिल से नमूने बनाये। मैं जानती थी मैं फूल-पत्तियाँ नहीं बना पाऊँगी। मैंने स्टोर में से स्पिरिट की बोतल उठायी और

सारी साड़ी पर एक ही झोंक में नरमुण्ड और आपस में क्रॉस करती दो हड्डियाँ उतार लीं। तीन घण्टों में मैंने पूरी साड़ी रंग डाली; फिर एकदम पस्त हो बिस्तर पर पड़ गयी। बाद में वह साड़ी न मैं कभी पहन पायी न किसी को भेंट दे पायी। मुझे लगता रहा जैसे मुझसे कोई अमानुषिक कृत्य हो गया हो। मैं खोज कर रही हूँ वे कौन तत्त्व हैं जो मुझे ऐसी बातों के लिए प्रेरित करते हैं। मसलन किसी की नौकरी छूट जाय, किसी के साथ दुर्घटना हो जाय, किसी का पर्स खो जाय तो मेरे मन में एक चू् चू् चू् सहानुभूति क्यों नहीं पैदा होती; क्यों कहीं अन्दर से आवाज़ उठती है 'अच्छा हुआ।' पर अगर ऐसा ही हो गया है तो क्यों मैं 'आपका बण्टी' पढ़ते हुए हिचकियों से रोयी।

पर यह सारे समय अपने अन्दर मैं अपने-आप से क्यों परेशान रहती हूँ। क्यों नहीं सोचती मैं अपनी गली के बारे में जहाँ भिखारियों से भी ज़्यादा विपन्न और बेचारे लोग रहते हैं। क्यों नहीं सोचती मैं उन बच्चों के बारे में जो कड़कती ठण्ड में गली में बिठा दिये जाते हैं क्योंकि उनके घर पाखाने नहीं हैं। क्यों नहीं मैं सोचती कमाल धोबी के बारे में जिसे अपना धन्धा सिर्फ़ इसलिए बन्द कर देना पड़ा क्योंकि उसके पास कोयला ख़रीदने को साठ पैसे नहीं थे। क्यों नहीं मैं सोचती अपनी महरी के बारे में जिसके पास बाल सीधे करने के लिए एक कंघा तक नहीं। ज़रूर मैं असामाजिक होती जा रही हूँ। मुझे अपने भविष्य की पड़ी है। गली जाय भाड़ में, देश जाय भाड़ में, बस मैं नाम कमा लूँ। पर इन्दिरा गाँधी के सिवा हिन्दुस्तान की कौन औरत नाम कमा लेगी। हिन्दुस्तानी औरत तो आलू-प्याज़ ख़रीदते, स्वेटर बुनते, चवन्नियाँ बचाते नष्ट हो जायेगी। कमरे में चिल्लाता यह बच्चा, ये भीतर-बाहर सूखते पीतड़े, ये लोगों की मुबारकें, सब मुझे लगातार जता रहे हैं, मैं भी वहीं हूँ, मैं भी वही हूँ।

●

सान्ध्य गीत

महादेवी वर्मा

लोकभारती प्रकाशन

पहला संस्करण 1936 में प्रकाशित

लोकभारती प्रकाशन
पहली मंजिल, दरबारी बिल्डिंग, महात्मा गांधी मार्ग
प्रयागराज-211 001
वेबसाइट : www.lokbhartiprakashan.com
ईमेल : info@lokbhartiprakashan.com

शाखाएँ : 1-बी, नेताजी सुभाष मार्ग, दरियागंज
नई दिल्ली-110 002
अशोक राजपथ, साइंस कॉलेज के सामने
पटना-800 006
1, अनमोल सोराबजी संतुक लेन, धोबी तलाव,
मरीन लाइंस, मुम्बई-400 002

पहला लोकभारती संस्करण : 2006
पाँचवाँ संस्करण : 2024

मूल्य : ₹ 495

बी.के. ऑफसेट
नवीन शाहदरा, दिल्ली-1100 032
द्वारा मुद्रित

SANDHYA GEET
by Mahadevi Verma

ISBN : 978-81-8031-120-8

[illegible]

[illegible]

[illegible]

[illegible]

[illegible]

अनुक्रम

अपने विषय में—

भाग्य से मैं वह समृद्ध प्रवासी नहीं हूँ जिसके आशातीत विभूति लेकर घर लौटने पर परिचित भी अपरिचित के समान प्रश्न कर बैठते हैं 'क्या तुम वही हो'! प्रत्युत् मेरी अवस्था उस सम्बलहीन वामन जैसी है जो अपनी सारी लघुता समेट कर द्वार पर बैठा-बैठा ही नया पुराना हो जाता है।

नीहार के धुँधलेपन में मैं सभीत-सी भारती-मन्दिर की जिस पहली सीढ़ी पर आ खड़ी हुई थी अब तक वहीं हूँ, कारण, न कभी शिथिल पैरों में आगे बढ़ने की शक्ति आई और न उत्सुक हृदय ने लौट जाने की प्रेरणा ही पाई। इन असंख्य ऊँची सीढ़ियों पर आने-जानेवाले पूजार्थियों ने निरन्तर देखते ही मेरे विषय में अनेक प्रश्नों का समाधान कर लिया होगा; उनका कुतूहल अति परिचय-जनित उपेक्षा में परिवर्तित हो चुका होगा। अब मैं अपने विषय में कौन-सी नवीन बात कहूँ!

सान्ध्य गीत में नीरजा के समान ही कुछ स्फुट गीत संग्रहीत हैं। नीहार के रचना-काल में मेरी अनुभूतियों में वैसी ही कुतूहलमिश्रित वेदना उमड़ आती थी जैसी बालक के मन में दूर दिखाई देनेवाली अप्राप्य सुनहली उषा और स्पर्श से दूर सजल मेघ के प्रथम दर्शन से उत्पन्न हो जाती है, रश्मि को उस समय आकार मिला जब मुझे अनुभूति से अधिक उसका चिन्तन प्रिय था परन्तु नीरजा और सान्ध्य गीत मेरी उस मानसिक स्थिति को व्यक्त कर सकेंगे जिसमें अनायास ही मेरा हृदय सुख-दुख में सामंजस्य का अनुभव करने लगा। पहले बाहर खिलनेवाले फूल को देखकर मेरे रोम-रोम में ऐसा पुलक दौड़ जाता था मानो वह मेरे ही हृदय में खिला हो, परन्तु उसके अपने से भिन्न प्रत्यक्ष अनुभव में एक अव्यक्त वेदना भी थी; फिर यह सुख-दुख-मिश्रित अनुभूति ही चिन्तन का विषय बनने लगी और अन्त में अब मेरे मन में न जाने कैसे उस बाहर-भीतर में एक सामंजस्य सा ढूँढ़ लिया है जिसने सुख-दुख को इस प्रकार बुन दिया कि एक के प्रत्यक्ष अनुभव के साथ दूसरे का अप्रत्यक्ष आभास मिलता रहता है।

मनुष्य के सुख-दुख जिस प्रकार चिरन्तन हैं उनकी अभिव्यक्ति भी उतनी ही चिरन्तन रही है परन्तु यह कहना कठिन है कि उन्हें व्यक्त करने के साधनों में प्रथम कौन था।

सम्भव है जिस प्रकार प्रभात की सुनहली रश्मि छूकर चिड़िया आनन्द में चहचहा उठती है और मेघ को घुमड़ता घिरता देखकर मयूर नाच उठता है उसी प्रकार मनुष्य ने भी पहले-पहले अपने भावों का प्रकाशन ध्वनि और गति द्वारा किया ही हो। विशेष कर स्वर-सामंजस्य में बँधा हुआ गेय काव्य मनुष्य-हृदय के कितना निकट है यह उदात्त-अनुदात्त स्वरों में बँधे वेदगीत तथा अपनी मधुरता के कारण प्राणों में समा

जानेवाले प्राकृत-पदों के अधिकारी हम भली भाँति समझ सके हैं।

प्राचीन हिन्दी-साहित्य का भी अधिकांश गेय है। तुलसी का इष्ट के प्रति विनीत आत्म-निवेदन गेय है, कबीर का बुद्धिगम्य तत्वनिदर्शन संगीत की मधुरता में बसा हुआ है, सूर के कृष्ण-जीवन का बिखरा इतिहास भी गीतमय है और मीरा की व्यथासिक्त पदावली तो सारे गीत-जगत् की सम्राज्ञी ही कही जाने योग्य है।

सुख-दुख के भावावेशमयी अवस्था विशेष का गिने चुने शब्दों में स्वरसाधना के उपयुक्त चित्रण कर देना ही गीत है। इसमें कवि को संयम की परिधि में बँधे हुए जिस भावातिरेक की आवश्यकता होती है वह सहज प्राप्य नहीं, कारण हम प्रायः भाव की अतिशयता में कला की सीमा लाँघ जाते हैं और उसके उपरान्त, भाव के संस्कारमात्र में मर्मस्पर्शिता का शिथिल हो जाना अनिवार्य है। उदाहरणार्थ—दुःखातिरेक की अभिव्यक्ति आर्त्तक्रन्दन या हाहाकार द्वारा भी हो सकती है जिसमें संयम का नितान्त अभाव है, उसकी अभिव्यक्ति नेत्रों के सजल हो जाने में भी है जिसमें संयम की अधिकता के साथ आवेग के भी अपेक्षाकृत संयत हो जाने की सम्भावना रहती है, उसका प्रकाशन एक दीर्घ निश्वास में भी है जिसमें संयम की पूर्णता भावातिरेक को पूर्ण नहीं रहने देती और उसका प्रकटीकरण निस्तब्धता-द्वारा भी हो सकता है जो निष्क्रिय बन जाती है। वास्तव में गीत के कवि को आर्त्तक्रन्दन के पीछे छिपे हुए दुःखातिरेक को दीर्घ निश्वास में छिपे हुए संयम से बाँधना होगा तभी उसका गीत दूसरे के हृदय में उसी भाव का उद्रेक करने में सफल हो सकेगा। गीत यदि दूसरे का इतिहास न कहकर वैयक्तिक सुख-दुःख ध्वनित कर सके तो उसकी मार्मिकता विस्मय की वस्तु बन जाती है इसमें सन्देह नहीं। मीरा के हृदय में बैठी हुई नारी और विरहिणी के लिये भावातिरेक सहज प्राप्य था, उसके बाह्य राजरानीपन और आन्तरिक साधना में संयम के लिये पर्याप्त अवकाश था। इसके अतिरिक्त वेदना भी आत्मानुभूत थी अतः उसका 'हेरी मैं तो प्रेम दिवानी मेरा दरद न जाने कोय' सुनकर यदि हमारे हृदय का तार-तार उसी ध्वनि को दोहराने लगता है, रोम-रोम उसकी वेदना का स्पर्श कर लेता है तो यह कोई आश्चर्य की बात नहीं। सूर का संयम भावों की कोमलता और भाषा की मधुरता के उपयुक्त ही है परन्तु कथा इतनी पराई है कि हम बहने की इच्छामात्र लेकर उसे सुन सकते हैं बहते नहीं और प्रातःस्मरणीय गोस्वामीजी के विनय के पद तो आकाश की मन्दाकिनी कहे जा सकते हैं, हमारी कभी गँदली कभी स्वच्छ वेगवती सरिता नहीं। मनुष्य की चिरन्तन अपूर्णता का ध्यान कर उनके पूर्ण इष्ट के सम्मुख हमारा मस्तक श्रद्धा से, नम्रता से नत हो जाता है परन्तु प्रायः हृदय कातर क्रन्दन नहीं कर उठता। इसके विपरीत कबीर के रहस्य भरे पद हमारे हृदय को स्पर्श कर सीधे बुद्धि से टकराते हैं। अधिकतर हममें उनके विचार ध्वनित हो उठते हैं भाव नहीं जो गीत का लक्ष्य है।

हिन्दी काव्य का वर्तमान नवीन युग गीतप्रधान ही कहा जायेगा। हमारा व्यस्त और वैयक्तिक प्राधान्य से युक्त जीवन हमें काव्य के किसी और अंग की ओर

दृष्टिपात करने का अवकाश ही नहीं देना चाहता। आज हमारा हृदय ही हमारे लिये संसार है। हम अपनी प्रत्येक साँस का इतिहास लिख रखना चाहते हैं, अपनी प्रत्येक कम्पन को अंकित कर लेने के लिये उत्सुक हैं और प्रत्येक स्वप्न का मूल्य पा लेने के लिये विकल हैं। सम्भव है यह उस युग की प्रतिक्रिया हो जिसमें कवि का आदर्श अपने विषय में कुछ न कह कर संसार भर का इतिहास कहना था, हृदय की उपेक्षा कर शरीर को आदृत करना था।

इस युग के गीतों की एकरूपता में भी ऐसी विविधता है जो उन्हें बहुत काल तक सुरक्षित रख सकेगी। इनमें कुछ गीत मलय समीर के झोंके के समान हमें बाहर से स्पर्श कर अन्तरतम तक सिहरा देते हैं, कुछ अपने दर्शन से बोझिल पंखों द्वारा हमारे जीवन को सब ओर से छू लेना चाहते हैं, कुछ किसी अलक्ष्य डाली पर छिपकर बैठी हुई कोकिल के समान हमारे ही किसी भूले स्वप्न की कथा कहते रहते हैं और कुछ मन्दिर के पूत धूप-धूम के समान हमारी दृष्टि को धुँधला परन्तु मन को सुरभित किये बिना नहीं रहते।

प्रकाश रेखाओं के मार्ग में बिखरी हुई बदलियों के कारण जैसे एक ही विस्तृत आकाश के नीचे हिलोरें लेनेवाली जलराशि में कहीं छाया और कहीं आलोक का आभास मिलने लगता है उसी प्रकार हमारी एक ही काव्यधारा अभिव्यक्ति की भिन्न शैलियों के अनुसार भिन्नवर्णी हो उठी है।

छायावाद ने मनुष्य के हृदय और प्रकृति के उस सम्बन्ध में प्राण डाल दिये जो प्राचीन काल से बिम्ब-प्रतिबिम्ब के रूप में चला आ रहा था और जिनके कारण मनुष्य को अपने दुख में प्रकृति उदास और सुख में पुलकित जान पड़ती थी। छायावाद की प्रकृति घट, कूप आदि में भरे जल की एकरूपता के समान अनेक रूपों में प्रकट एक महाप्राण बन गई अतः अब मनुष्य के अश्रु, मेघ के जलकण और पृथ्वी के ओस बिन्दुओं का एक ही कारण, एक मूल्य है। प्रकृति के लघु तृण और महान् वृक्ष, कोमल कलियाँ और कठोर शिलायें, अस्थिर जल और स्थिर पर्वत, निविड़ अन्धकार और उज्ज्वल विद्युत्-रेखा, मानव की लघुता-विशालता, कोमलता-कठोरता, चञ्चलता-निश्चलता और मोह-ज्ञान का केवल प्रतिबिम्ब न होकर एक ही विराट से उत्पन्न सहोदर हैं। जब प्रकृति की अनेकरूपता में, परिवर्तनशील विभिन्नता में कवि ने ऐसा तारतम्य खोजने का प्रयास किया जिसका एक छोर किसी असीम चेतन और दूसरा उसके समीम हृदय में समाया हुआ था तब प्रकृति का एक-एक अंश एक अलौकिक व्यक्तित्व लेकर जाग उठा।

परन्तु इस सम्बन्ध से मानव हृदय की सारी प्यास न बुझ सकी, क्योंकि मानवीय सम्बन्धों में जब तक अनुराग-जनित आत्म-विसर्जन का भाव नहीं घुल जाता तब तक वे सरस नहीं हो पाते और जब तक यह मधुरता सीमातीत नहीं हो जाती तब तक हृदय का अभाव नहीं दूर होता। इसी से इस अनेकरूपता के कारण पर एक मधुरतम व्यक्तित्व का आरोपण कर उसके निकट आत्मनिवेदन कर देना इस काव्य का दूसरा

सोपान बना जिसे रहस्यमय रूप के कारण ही रहस्यवाद का नाम दिया गया। रहस्यवाद, नाम के अर्थ में छायावाद के समान नवीन न होने पर भी प्रयोग के अर्थ में विशेष प्राचीन नहीं। प्राचीन काल में परा या ब्रह्मविद्या में इसका अंकुर मिलता अवश्य है परन्तु इसके रागात्मक रूप के लिये उसमें स्थान कहाँ! वेदान्त के द्वैत, अद्वैत, विशिष्टाद्वैत आदि या आत्मा की लौकिकी तथा पारलौकिकी सत्ता-विषयक मतान्तर मस्तिष्क से अधिक सम्बन्ध रखते हैं हृदय से नहीं, क्योंकि वही तो शुद्ध बुद्ध चेतन को विकारों में लपेट रखने का एक-मात्र साधन है। योग का रहस्यवाद इन्द्रियों को पूर्णतः वश में करके आत्मा का कुछ विशेष साधनाओं और अभ्यासों द्वारा इतना ऊपर उठ जाना है जहाँ वह शुद्ध चेतन से एकाकार हो जाता है। सूफ़ीमत के रहस्यवाद में अवश्य ही प्रेम-जनित आत्मानुभूति और चिरन्तन प्रियतम का विरह समाविष्ट है परन्तु साधनाओं और अभ्यासों में वह भी योग के समकक्ष रखा जा सकता है और हमारे यहाँ कबीर का रहस्यवाद यौगिक क्रियाओं से युक्त होने के कारण योग परन्तु आत्मा और परमात्मा के मानवीय प्रेम-सम्बन्ध के कारण वैष्णव युग के उच्चतम कोटि तक पहुँचे हुए प्रणय निवेदन से भिन्न नहीं।

आज गीत में हम जिसे रहस्यवाद के रूप में ग्रहण कर रहे हैं वह इन सबकी विशेषताओं से युक्त होने पर भी उन सबसे भिन्न है। उसने परा विद्या की अपार्थिवता ली वेदान्त के अद्वैत की छायामात्र ग्रहण की, लौकिक प्रेम से तीव्रता उधार ली और इन सबको कबीर के सांकेतिक दाम्पत्य-भाव-सूत्र में बाँधकर एक निराले स्नेह-सम्बन्ध की सृष्टि कर डाली जो मनुष्य के हृदय को पूर्ण अवलम्ब दे सका, उसे पार्थिव प्रेम के ऊपर उठा सका तथा मस्तिष्क को हृदयमय और हृदय को मस्तिष्कमय बना सका। इसमें सन्देह नहीं कि इस वाद ने रूढ़ि बन बहुतों को भ्रम में भी डाल दिया है परन्तु जिन इने गिने व्यक्तियों ने इसे वास्तव में समझा उन्हें इस नीहारलोक में भी गन्तव्य मार्ग स्पष्ट दिखाई दे सका। इस काव्य-धारा की अपार्थिव पार्थिवता और साधना की न्यूनता ने सहज ही सबको अपनी ओर आकर्षित कर लिया है अतः यदि इसका रूप कुछ विकृत होता जा रहा हो तो आश्चर्य की बात नहीं। हम यह समझ नहीं सके हैं कि रहस्यवाद आत्मा का गुण है काव्य का नहीं। काव्य की उत्कृष्टता किसी विशेष विषय पर निर्भर नहीं; उसके लिये हमारे हृदय को ऐसा पारस होना चाहिए जो सबको अपने स्पर्श मात्र से सोना कर दे। एक पागल से चित्रकार को जब फटा कागज, टूटी तूलिका और धब्बे डाल देनेवाला रंग मिल जाता है तब क्षण भर में वह निर्जीव कागज जीवित हो उठता है, रंगों में कल्पना साकार हो उठती है, रेखाओं में जीवन प्रतिबिम्बित हो उठता है, उस पार्थिव वस्तु के अपार्थिव रूप के साथ हम हँसते हैं और उसे मानवीय सम्बन्धों में बाँध रखना चाहते हैं। एक निरर्थक झनझन से पूर्ण टूटे एकतारे के जर्जर तारों में गायक की कुशल उँगलियाँ उलझ जाने पर उन्हीं तारों में हमारे सुख-दुख, रो-हँस उठते हैं, सारी सीमा के संकीर्ण बन्धन छिन्न-भिन्न होकर बह जाते हैं और हम किसी अज्ञात सौन्दर्य लोक में पहुँच कर चकित से, मुग्ध से उसे

सदा सुनते रहने की इच्छा करने लगते हैं। निरन्तर पैरों में ठुकराये जानेवाले कुरूप पाषाण से शिल्पी के कुशल हाथ का स्पर्श होते ही वही पाषाण मोम के समान अपना आकार बदल डालता है, उसमें हमारे सौन्दर्य के, शक्ति के आदर्श जाग उठते हैं और तब उसी को हम देवता के समान प्रतिष्ठित कर चन्दन फूल से पूजकर अपने को धन्य मानते हैं। जल का एकरंग भिन्न-भिन्न रंगवाले पात्रों में जैसे अपना रंग बदल लेता है उसी प्रकार चिरन्तन सुख-दुःख हमारे हृदयों की सीमा और रंग के अनुसार बनकर प्रकट होते हैं। हमें अपने हृदयों की सारी अभिव्यक्तियों को एक ही रूप देने को आकुल न होना चाहिए क्योंकि यह प्रयत्न हमें किसी भी दिशा में सफल न होने देगा।

मेरे गीत मेरा आत्म-निवेदन मात्र है—उनके विषय में कुछ कह सकना मेरे लिये सम्भव नहीं! इन्हें मैं अपने उपहास के योग्य अकिंचन भेंट से अतिरिक्त और कुछ नहीं मानती।

अपने चित्रों के विषय में कहते हुए मुझे जिस संकोच का अनुभव हो रहा है वह केवल शिष्टाचार-जनित न होकर अपनी अपात्रता के यथार्थ ज्ञान-जनित है। मैं सत्य अर्थ में कोई चित्रकार नहीं हूँ, हो सकने की सम्भावना भी कम है परन्तु शैशव से ही रंग और रेखाओं के प्रति मेरा बहुत कुछ वैसा ही आकर्षण रहा है जैसा कविता के प्रति। मेरा प्रत्यक्ष ज्ञान मेरी कल्पना के पीछे सदा ही हाथ बाँधकर चलता रहा है, इसी से जब रात-दिन होने का प्राकृतिक कारण मुझे ज्ञात न था तभी सन्ध्या से रात तक बदलनेवाले आकाश के रंगों में मुझे परियों का दर्शन होने लगा था, जब मेघों के बनने का क्रम मेरे लिये अज्ञेय था तभी उनके वाष्पतन में दिखाई देनेवाली आकृतियों का मैं नामकरण कर चुकी थी और जब मुझे तारों का हमारी पृथ्वी से बड़ा या उसके समान होना बता दिया गया था तब भी मैं रात में अपने आँगन में 'आओ प्यारे तारे आओ, मेरे आँगन में बिछ जाओ' गा गाकर उन महान् लोकों को नीचे बुलाने में नहीं हिचकिचाती थी। रात को स्लेट पर गणित के स्थान में तुक मिलाकर और दिन में माँ या चाची की सिन्दूर की डिबिया चुराकर कोने में फर्श पर रंग भरना और दण्ड पाना मुझे अब तक स्मरण है। कह नहीं सकती अब वे वयोवृद्ध चित्रकार जिनके निकट मैंने रेखाओं का अभ्यास किया था होंगे या नहीं। यदि होंगे तो सम्भव है उन्हें वह विद्यार्थिनी न भूली हो जो एक रेखा खींचकर तुरन्त उसमें भरने को रंग माँगती थी और जब वे रंग भरना सिखाने लगे तो वह नियम से उनके सामने भरे हुए रंगों पर रात को दूसरा रंग फेरकर चित्र ही नष्ट कर देती थी।

इसके उपरान्त का इतिहास तो पाठ्य-पुस्तकों, परीक्षाओं और प्रमाण-पत्रों का इतिहास है जिसे कविता ही सरस बनाती रही। मेरी रंगीन कल्पना के जो रंग शब्दों में न समाकर छलक पड़े या जिनकी शब्दों में अभिव्यक्ति मुझे पूर्णरूप से संतोष न दे सकी वे ही तूलिका के आश्रित हो सके हैं इसी से इस रंगों के संघात का स्वतःपूर्ण होना संभव नहीं। यह तो मेरे भावातिरेक में उत्पन्न कविता-प्रवाह से निकलकर एक भिन्न दिशा में जानेवाली शाखामात्र है अतः दोनों गुण दोष में समान ही रहेंगे—यदि एक का

उद्गम और वातावरण धुँधला है तो दूसरे का भी वैसा ही होना अनिवार्य सा है, यदि एक वस्तुजगत् को किसी विशेष दृष्टिकोण से देखता और विशेष रूप में ग्रहण करता है तो दूसरे का दृष्टिकोण भी कुछ भिन्न और ग्रहण करने की शक्ति कुछ विपरीत न हो सकेगी।

मेरी व्यक्तिगत धारणा है कि चित्रकार के लिये कवि होना जितना सहज हो सकता है उतना कवि के लिये चित्रकार हो सकना नहीं। कला जीवन में जो कुछ सत्यं शिवं सुन्दरम् है सबका उत्कृष्टतम विकास है परन्तु इस उत्कृष्टतम विकास में भी श्रेणियाँ हैं। जो कला भौतिक उपकरणों से जितनी अधिक स्वतन्त्र होकर भावों की अधिकाधिक अभिव्यंजना में समर्थ हो सकेगी वह उतनी ही अधिक श्रेष्ठ समझी जायेगी। इस दृष्टि से भौतिक आधार की अधिकता और भावव्यंजना की अपेक्षाकृत न्यूनता से युक्त वास्तुकला हमारी कला का प्रथम सोपान और भौतिक सामग्री के अभाव और भावव्यंजना की अधिकता से पूर्ण काव्यकला उसका सबसे ऊँचा अन्तिम सोपान मानी जायेगी। चित्रकला वास्तुकला की अपेक्षा भौतिक आधार से स्वतन्त्र होने पर भी काव्यकला की अपेक्षा अधिक परतन्त्र है, कारण वह देश के ऐसे कठिनतम बन्धन में बँधी है जिसमें उसे चित्रकला बने रहने के लिये सदा ही बँधा रहना होगा। स्वतन्त्र वातावरण का बिहारी विहग अपने स्वभाव को बन्धनों के उपयुक्त उतनी सरलता से नहीं बना पाता जितनी सुगमता तथा सहज भाव से बन्धनों का पक्षी उन्मुक्त वातावरण की पात्रता प्राप्त कर लेता है। प्रत्येक कवि, चित्र के, लम्बाई-चौड़ाई से युक्त देश के बन्धनों और भावों की अपेक्षाकृत सीमित व्यंजना से क्षुभित-सा हो उठता है। न वह इन बंधनों को तोड़ देने में समर्थ है और न काव्य के स्वतन्त्र वातावरण को भूल सकता है।

इसके अतिरिक्त एक और भी कारण है जो चित्रकार को कवि से एकाकार न होने देगा। चित्रकला निरीक्षण और कल्पना तथा कविता भावातिरेक और कल्पना पर निर्भर है। चित्रकार प्रत्यक्ष और कल्पना की सहायता से जो मानसिक चित्र बना लेता है उसे बहुत काल व्यतीत हो जाने पर भी रेखाओं में बँधकर रंग से जीवित कर देने की वैसी ही क्षमता रखता है परन्तु कवि के लिये भावातिरेक और कल्पना की सहायता से किसी लोक की सृष्टि कर उसे बहुत काल के उपरान्त उसी तन्मयता से, उसी तीव्रता से व्यक्त करना असम्भव नहीं तो कठिन अवश्य होगा। अवश्य ही यह, पद्यबद्ध इतिहास के समान वर्णनात्मक रचनाओं के विषय में सत्य नहीं परन्तु व्यक्तिप्रधान भावात्मक काव्य का वही अंश अधिक से अधिक अन्तस्तल में समा जानेवाला, अनेक भूले सुख-दु:खों की स्मृतियों में प्रतिध्वनित हो उठने के उपयुक्त और जीवन के लिये कोमलतम स्पर्श के समान होगा जिसमें कवि ने गतिमय आत्मानुभूत भावातिरेक को संयत रूप में व्यक्त कर उसे अमर कर दिया हो जिसे व्यक्त करते समय वह अपनी साधना द्वारा किसी बीते क्षण की अनुभूति की पुनरावृत्ति करने में सफल हो सका हो। केवल संस्कार मात्र भावात्मक कविता के लिये सफल साधन नहीं है और न किसी

बीती अनुभूति की उतनी ही तीव्र मानसिक पुनरावृत्ति ही सबके लिये सब अवस्थाओं में सुलभ मानी जा सकती है।

बालक अपना सक्रिय जीवन जिस प्रत्यक्ष और उसके अनुकरण से आरम्भ करता है वही निरीक्षण और अनुकरण पर्याप्त मात्रा में चित्रकार के अथ में समाहित है परन्तु यदि विचार कर देखा जाये तो कवि इन सीढ़ियों से ऊपर पहुँचा हुआ जान पड़ेगा, क्योंकि इन व्यापारों से उत्पन्न सुख दुखमयी अनुभूति को यथार्थ व्यक्त करने की उत्कण्ठा उसका प्रथम पाठ है। इसमें सन्देह नहीं कि चित्रमय काव्य हो सकता है और काव्यमय चित्र परन्तु प्राय: सफल चित्रकार असफल कवि का और सफल कवि असफल चित्रकार का शाप साथ लाता रहा है।

मैं तो किसी भी दिशा में सफल नहीं हूँ अत: मेरे शाप को भी दुगुना होना चाहिए। अपने व्यस्त जीवन से कुछ क्षणों को छीनकर जैसे-तैसे कुछ लिखते-लिखते मेरे स्वभाव ने मुझे चित्रकला के लिये नितान्त अनुपयुक्त बना दिया है, कारण जितने समय में मैं तुक मिला लेती हूँ उतने ही समय में चित्र समाप्त कर देने के लिये आकुल हो उठती हूँ। ऐसी दशा में अपनी इन विचित्र कृतियों को हिन्दी संसार के सन्मुख रखते हुए मुझे केवल संकोच है और क्या कहूँ! सन्तोष इतना ही है कि यह मेरी है और मैं हिन्दी-संसार से अविच्छिन्न सम्बन्ध में बँधी हूँ।

जन्माष्टमी —महादेवी

१०-८-३६

प्रिय! सान्ध्य गगन

मेरा जीवन!

यह क्षितिज बना धुँधला विराग,
नव अरुण-अरुण मेरा सुहाग,
छाया सी काया वीतराग,
सुधिभीने स्वप्न रँगीले घन!

साधों का आज सुनहलापन,
घिरता विषाद का तिमिर सघन,
सान्ध्य का नभ से मूक मिलन,
यह अश्रुमती हँसती चितवन!

लाता भर श्वासों का समीर,
जग से स्मृतियों का गन्ध धीर,
सुरभित हैं जीवन - मृत्यु - तीर,
रोमों में पुलकित कैरव-वन!

अब आदि अन्त दोनों मिलते,
रजनी-दिन-परिणय से खिलते,
आँसू मिस हिम के कण ढुलते,
ध्रुव आज बना स्मृति का चल क्षण!

इच्छाओं के सीने से शर,
किरणों से द्रुत झीने सुन्दर,

सूने असीम नभ में चुभकर—
बन-बन आते नक्षत्र-सुमन!

घर आज चले सुख-दुःख विहग!
तम पोंछ रहा मेरा अग जग;
छिप आज चला वह चित्रित मग,
उतरो अब पलकों में पाहुन!

●

प्रिय मेरे गीले नयन बनेंगे आरती!

श्वासों में सपने कर गुम्फित,
बन्दनवार वेदना-चर्चित,
भर दुःख से जीवन का घटनित,
मूक क्षणों में मधुर भरूँगी भारती!

दृग मेरे यह दीपक झिलमिल,
भर आँसू का स्नेह रहा ढुल,
सुधि तेरी अविराम रही जल,
पद-ध्वनि पर आलोक रहूँगी वारती!

यह लो प्रिय! निधियोंमय जीवन,
जग की अक्षय स्मृतियों का धन,
सुख-सोना करुणा-हीरक-कण,
तुमसे जीता आज तुम्हीं को हारती!

●

क्या न तुमने दीप बाला?

क्या न इसके शीत अधरों—
से लगाई अमर ज्वाला?

अगम निशि है यह अकेला,
तुहिन - पतझर - वात - बेला,

उन करों की सजल सुधि में
पहनता अङ्गार-माला!

स्नेह माँगा औ' न बाती,
नींद कब, कब क्लान्ति भाती!

वर इसे दो एक कह दो
मिलन के क्षण का उजाला!

झर इसी से अग्नि के कण,
बन रहे हैं वेदना-घन,
प्राण में इसने विरह का
मोम सा मृदु शलभ पाला?

यह जला निज धूम पीकर,
जीत डाली मृत्यु जी कर,
रत्न सा तम में तुम्हारा
अंक मृदु पद का सँभाला!

यह न झंझा से बुझेगा,
बन मिटेगा मिट बनेगा,
भय इसे है हो न जावे
प्रिय तुम्हारा पंथ काला!

●

रागभीनी तू सजनि निश्वास भी तेरे रँगीले!

लोचनों में क्या मदिर नव?
देख जिसको नीड़ की सुधि फूट निकली बन मधुर रव!

झूलते चितवन गुलाबी—
में चले घर खग हठीले!
रागभीनी तू सजनि निश्वास भी तेरे रँगीले!

छोड़ किस पाताल का पुर?
राग से बेसुध, चपल सपने सजीले नयन में भर,

रात नभ के फूल लाई,
आँसुओं से कर सजीले!
रागभीनी तू सजनि निश्वास भी तेरे रँगीले!

आज इन तन्द्रिल पलों में!
उलझती अलकें सुनहली असित निशि के कुन्तलों में!
सजनि नीलमरज भरे
रँग चूनरी के अरुण पीले!
रागभीनी तू सजनि निश्वास भी तेरे रँगीले!

रेख सी लघु तिमिर लहरी,
चरण छू तेरे हुई है सिन्धु सीमाहीन गहरी!

गीत तेरे पार जाते
बादलों की मृदु तरी ले!
रागभीनी तू सजनि निश्वास भी तेरे रँगीले!

कौन छायालोक की स्मृति,
कर रही रङ्गीन प्रिय के द्रुत पदों की अंक-संसृति,

सिहरती पलकें किये—
देती विहँसते अधर गीले!
रागभीनी तू सजनि निश्वास भी तेरे रँगीले!

●

अश्रु मेरे माँगने जब
नींद में वह पास आया!

स्वप्न सा हँस पास आया!

हो गया दिव की हँसी से
शून्य में सुरचाप अंकित;
रश्मि-रोमों में हुआ
निस्पन्द तम भी सिहर पुलकित;

अनुसरण करता अमा का
चाँदनी का हास आया!

वेदना का अग्निकण जब
मोम से उर में गया बस,
मृत्यु-अंजलि में दिया भर
विश्व ने जीवन-सुधा-रस!

माँगने पतझार से
हिम-बिन्दु तब मधुमास आया!

अमर सुरभित साँस देकर,
मिट गये कोमल कुसुम झर;
रविकारों में जल हुए फिर,
जलद में साकार सीकर;

अंक में तब नाश को
लेने अनन्त विकास आया!

●

क्यों वह प्रिय आता पार नहीं!

शशि के दर्पण में देख-देख,
मैंने सुलझाये तिमिर-केश;
गूँथे चुन तारक-पारिजात,
अवगुण्ठन कर किरणें अशेष;

क्यों आज रिझा पाया उसको
मेरा अभिनव शृङ्गार नहीं?

स्मित से कर फीके अधर अरुण,
गति के जावक से चरण लाल,
स्वप्नों से गीली पलक आँज,
सीमन्त सजा ली अश्रु-माल;

स्पन्दन मिस प्रतिपल भेज रही
क्या युग-युग से मनुहार नहीं?

मैं आज चुपा आई चातक,
मैं आज सुला आई कोकिल;
कण्टकित मौलश्री हरसिंगार;
रोके हैं अपने श्वास शिथिल!

सोया समीर नीरव जग पर
स्मृतियों का भी मृदु भार नहीं!

रूँधे हैं, सिहरा सा दिगन्त,
नत पाटलदल से मृदु बादल;
उस पार रुका आलोक-यान,
इस पार प्राण का कोलाहल!

बेसुध निद्रा है आज बुने—
जाते श्वासों के तार नहीं!

दिन-रात पथिक थक गए लौट,
फिर गए मना कर निमिष हार;
पाथेय मुझे सुधि मधुर एक,
है विरह पन्थ सूना अपार!

फिर कौन कह रहा है सूना
अब तक मेरा अभिसार नहीं?

●

जाने किस जीवन की सुधि ले
लहराती आती मधु-बयार!

रंजित कर दे यह शिथिल चरण ले नव अशोक का अरुण राग,
मेरे मण्डन को आज मधुर ला रजनीगन्धा का पराग,

यूथी की मीलित कलियों से
अलि दे मेरी कवरी सँवार!

पाटल के सुरभित रंगों से रंग दे हिम सा उज्ज्वल दुकूल;
गुथ दे रशना में अलि-गुंजन से पूरित झरते वकुल-फूल;

रजनी से अंजन माँग सजनि
दे मेरे अलसित नयन सार!

तारक-लोचन से सींच-सींच नभ करता रज को विरज आज;
बरसाता पथ में हरसिंगार केशर से चर्चित सुमन-लाज;

कण्टकित रसालों पर उठता—
है पागल पिक मुझको पुकार!
लहराती आती मधु-बयार!

शून्य मन्दिर में बनूँगी आज मैं प्रतिमा तुम्हारी!
अर्चना हो शूल भोले,
क्षार दृग-जल अर्घ्य हो ले,

आज करुणा-स्नात उजला
दुःख हो मेरा पुजारी!

नूपुरों का मूक छूना,
सरब कर दे विश्व सूना,

यह अगम आकाश उतरे
कम्पनों का हो भिखारी!

लोल तारक भी अचंचल,
चल न मेरी एक कुन्तल,

अचल रोमों में समाई
मुग्ध हो गति आज सारी!

राग मद की दूर लाली,
साध भी इसमें न पाली,

शून्य चितवन में बसेगी
मूक हो गाथा तुम्हारी!

●

प्रिय-पथ के यह शूल मुझे अति प्यारे ही है!

हीरक सी वह याद
बनेगा जीवन सोना,
जल-जल तप-तप किन्तु
खरा इसको है होना!
चल ज्वाला के देश जहाँ अङ्गारे ही हैं!

तम-तमाल ने फूल
गिरा दिन पलकें खोलीं
मैंने दुख में प्रथम
तभी सुख-मिश्री घोली!
ठहरें पल भर देव अश्रु यह खारे ही हैं।

ओढ़े मेरी छाँह
राज देती उजियाला,
रजकण मृदु-पद चूम
हुए मुकुलों की माला!
मेरा चिर इतिहास चमकते तारे ही हैं!

आकुलता ही आज
हो गई तन्मय राधा,
विरह बना आराध्य
द्वैत क्या कैसी बाधा!
खोना पाना हुआ जीत वे हारे ही हैं!

●

मेरा सजल मुख देख लेते!
यह करुण मुख देख लेते!

सेतु शूलों का बना बाँधा विरह-वारीश का जल,
फूल सी पलकें बनाकर प्यालियाँ बाँटा हलाहल,

दुःखमय सुख
सुख भरा दुख,
कौन लेता पूछ जो तुम
ज्वाल-जल का देश देते?

नयन की नीलम तुला पर मोतियों से प्यार तोला,
कर रहा व्यापार कब से मृत्यु से यह प्राण भोला,

भ्रान्तिमय कण,
श्रान्तिमय क्षण,
ये मुझे वरदान जो तुम
माँग ममता शेष लेते!

पद चले जीवन चला पलकें चलीं स्पन्दन ही चल,
किन्तु चलता जा रहा मेरा क्षितिज भी दूर धूमिल,

अङ्ग अलसित,
प्राण रविजड़ित,

मानती जय जो तुम्हीं
हँस हार आज अनेक देते!

घुल गई इन आँसुओं में देव जाने कौन हाला,
झूमता है विश्व पी पी घूमती नक्षत्र-माला,

साध हे तुम
बन सघन तम,
सुरँग अवगुण्ठन उठा
गिन आँसुओं की रेख लेते!

शिथिल चरणों के थकित इन नूपुरों की करुण रुनझुन,
विरह का इतिहास कहती जो कभी पाते सुभग सुन,

चपल पद धर
आ अचल उर!
वार देते मुक्ति, खो
निर्वाण का सन्देश देते!

●

रे पपीहे पी कहाँ

खोजता तू इस क्षितिज से उस क्षितिज तक शून्य अम्बर,
लघु परों से नाप सागर;

नाप पाता प्राण मेरे
प्रिय समा कर भी कहाँ?

हँस डुबा देगा युगों की प्यास का संसार भर तू,
कण्ठगत लघु बिन्दु कर तू!

प्यास ही जीवन, सकूँगी
तृप्ति में मैं जी कहाँ?

चपल बन-बन कर मिटेगी झूम तेरी मेघवाला!
मैं स्वयं जल और ज्वाला!

दीप सी जलती न तो यह
सजलता रहती कहाँ?

साथ गति के भर रही हूँ विरति या आसक्ति के स्वर,
मैं बनी प्रिय-चरण-नूपुर!

प्रिय बसा उर में सुभग!
सुधि खोज की बसती कहाँ?

●

विरह की घड़ियाँ हुईं अलि मधुर-मधु की यामिनी सी!

दूर के नक्षत्र लगते पुतलियों से पास प्रियतर,
शून्य नभ की मूकता में गूँजता आह्वान का स्वर,

आज है निःसीमता
लघु प्राण की अनुगामिनी सी!

एक स्पन्दन कह रहा है अकथ युग-युग की कहानी;
हो गया स्मित से मधुर इन लोचनों का क्षार पानी;

मूक प्रतिनिश्वास है
नव स्वप्न की अनुरागिनी सी!

सजनि! अन्तर्हित हुआ है 'आज' में धुँधला विफल 'कल'
हो गया है मिलन एकाकार मेरे विरह में मिल;

राह मेरी देखतीं
स्मृति अब निराश पुजारिनी सी!

फैलते हैं सान्ध्य नभ में भाव ही मेरे रँगीले;
तिमिर की दीपावली हैं रोम मेरे पुलक-गीले;

बन्दिनी बनकर हुई
मैं बन्धनों की स्वामिनी सी!

●

शलभ मैं शापमय वर हूँ!
किसी का दीप निष्ठुर हूँ!

ताज है जलती शिखा
चिनगारियाँ शृङ्गारमाला;
ज्वाल अक्षय कोष सी
अंगार मेरी रंगशाला;
नाश में जीवित किसी की साध सुन्दर हूँ!

नयन में रह किन्तु जलती
पुतलियाँ आगार होंगी;
प्राण मैं कैसे बसाऊँ
कठिन अग्नि-समाधि होगी;
फिर कहाँ पालूँ तुझे मैं मृत्यु-मन्दिर हूँ!

हो रहे झर कर दृगों से
अग्नि-कण भी क्षार शीतल;
पिघलते उर से निकल
निश्वास बनते धूम श्यामल;
एक ज्वाला के बिना मैं राख का घर हूँ!

कौन आया था न जाना
स्वप्न में मुझको जगाने;
याद में उन अँगुलियों के
है मुझे पर युग बिताने;

रात के उर में दिवस की चाह का शर हूँ!

शून्य मेरा जन्म था
अवसान है मुझको सबेरा;
प्राण आकुल के लिए
संगी मिला केवल अँधेरा;

मिलन का मत नाम ले मैं विरह में चिर हूँ!

पंकज-कली!

क्या तिमिर कह जाता करुण?
क्या मधुर दे जाती किरण?
किस प्रेममय दुख से हृदय में
अश्रु में मिश्री घुली?

किस मलय-सुरभित अंक रह—
आया विदेशी गन्धवह?
उन्मुक्त उर अस्तित्व खो
क्यों तू उसे भुजभर मिली?

रवि से झुलसते मौन दृग,
जल में सिहरते मृदुल पग;
किस व्रतव्रती तू तापसी
जाती न सुख-दुख से छली?

मधु से भरा विधुपात्र है,
मद से उनींदी रात है;
किस विरह में अवनतमुखी
लगती न उजियाली भली?

यह देख ज्वाला में पुलक,
नभ के नयन उठते छलक!
तू अमर होने नभधरा के
वेदना-पय से पली!

पंकज-कली! पंकज-कली!

●

हे मेरे चिर सुन्दर अपनें!

भेज रही हूँ श्वासें क्षण-क्षण,
सुभग मिटा देंगी पथ से यह तेरे मृदु चरणों का अंकन!
खोज न पाऊँगी, निर्भय
आओ जाओ बन चंचल सपने!

गीले अंचल में धोया सा—
राग लिए, मन खोज रहा कोलाहल में खोया-खोया सा!
मोम-हृदय जल के कण ले
मचला है अंगारों में तपने!

नूपुर-बन्धन में लघु मृदु पग,
आदि अन्त के छोर मिलाकर वृत्त बन गया है मेरा मग!
पाया कुछ पद-निक्षेपों में
मधु सा मेरी साध मधुप ने!

यह प्रतिपल तरणी बन आते,
पार, कहीं होता तो यह दृग अगम समय सागर तर जाते!
अन्तहीन चिर विरहमाप से
आज चला लघु जीवन नपने!

●

मैं सजग चिर साधना ले!

सजग प्रहरी से निरन्तर,
जागते अलि रोम निर्भर;
निमिष के बुदबुद् मिटाकर,
एक रस है समय-सागर!

हो गई आराध्यमय मैं विरह की आराधना ले!

मूँद पलकों में अचंचल;
नयन का जादूभरा तिल,
दे रही हूँ अलख अविकल—
को सजीला रूप तिल-तिल!

आज वर दो मुक्ति आवे बन्धनों की कामना ले!

विरह का युग आज दीखा,
मिलन के लघु पल सरीखा;
दुःख सुख में कौन तीखा,
मैं न जानी औ न सीखा!

मधुर मुझको हो गए सब मधुर प्रिय की भावना ले!

●

मैं किसी की मूक छाया हूँ न क्यों पहचान पाता!

उमड़ता मेरे दृगों में बरसता घनश्याम में जो,
अधर में मेरे खिला नव इन्द्रधनु अभिराम में जो,

बोलता मुझ में वही जग मौन में जिसको बुलाता!

जो न होकर भी बना सीमा क्षितिज वह रिक्त हूँ मैं,
विरति में भी चिर विरति की बन गई अनुरक्ति हूँ मैं,

शून्यता में शून्य का अभिमान ही मुझको बनाता!

श्वास हैं पद-चाप प्रिय की प्राण में जब डोलती है,
मृत्यु है जब मूकता उसकी हृदय में बोलती है;

विरह क्या पद चूमने मेरे सदा संयोग आता!

नींद-सागर से सजनि! जो ढूँढ़ लाई स्वप्न मोती;
गूँथती हूँ हार उनका क्यों कहा मैं प्रात रोती!

पहन कर उनको स्वजन मेरा कली को जो हँसाता?

प्राण में जो जल उठा वह और है दीपक चिरन्तन,
कर गया तम चाँदनी वह दूसरा विद्युत्-भरा घन;

दीप को तज कर तुझे कैसे शलभ पर प्यार आता?

तोड़ देता खीझकर जब तक न प्रिय यह मृदुल दर्पण,
देख ले उसके अधर सस्मित, सजल दृग, अलख आनन;

आरसी-प्रतिबिम्ब का कब चिर हुआ जग स्नेह-नाता!

●

यह सुख दुखमय राग
बजा जाते हो क्यों अलबेले?

चितवन से रेखा अंकित कर,
रागमयी स्मित से नव रँग भर,
अश्रुकणों से धोते हो क्यों
फिर वे चित्र रँगे, ले?

श्वासों से पलकें स्पन्दित कर,
स्वप्नों से स्मृतियाँ जागृत कर,
पद-ध्वनि से बेसुध करते क्यों
यह जागृति के मेले?

रोमों में भर आकुल कम्पन,
मुस्कानों में दुख की सिहरन,
जीवन को चिर प्यास पिलाकर
क्यों तुम निष्ठुर खेले?

कण-कण में रच अभिनव बन्धन,
क्षण-क्षण को कर भ्रममय उलझन,
पथ में बिखरा शूल
बुला जाते हो दूर अकेले!

●

सो रहा है विश्व, पर प्रिय तारकों में जागता है!
नियति बन कुशली चितेरा—
रँग गई सुख-दुख रँगों से
मृदुल जीवन-पात्र मेरा!
स्नेह की देती सुधा भर अश्रु खारे माँगता है!
धूपछाँही विरह-वेला;
विश्व-कोलाहल बना वह
ढूँढ़ती जिसको अकेला,
छाँह दृग पहचानते पद-चाप यह उर जानता है!
रङ्गमय है देव दूरी!
छू तुम्हें रह जायगी यह
चित्रमय क्रीड़ा अधूरी!
दूर रह कर खोलना पर मन न मेरा मानता है!
वह सुनहला हास तेरा—
अंकभर घनसार सा
उड़ जायगा अस्तित्व मेरा!
मूँद पलकें रात करती जब हृदय हठ ठानता है!
मेघरूँधा अजिर गीला—
टूटता सा इन्दु-कन्दुक
रवि झुलसता लोल पीला!
यह खिलौने और यह उर! प्रिय नई असमानता है!

●

री कुंज की शेफालिके!

गुदगुदाता वात मृदु उर,
निशि पिलाती ओस-मद भर,
आ झुलाता पात - मर्मर,
सुरभि बन प्रिय जायगा पट—
मूँद ले दृग-द्वार के!

तिमिर में बन रश्मि-संसृति,
रूपमय रंगमय निराकृति,
निकट रह कर भी अगम-गति
प्रिय बनेगा प्रात ही तू
गा न विहग-कुमारिके!

क्षितिज की रेखा घुले धुल,
निमिष की सीमा मिटे मिल,
रूप के बन्धन गिरें खुल,
निशि मिटा दे अश्रु से
पद चिह्न आज विहान के!

री कुंज की शेफालिके!

●

मैं नीरभरी दुःख की बदली!

स्पन्दन में चिर निस्पन्द बसा,
क्रन्दन में आहत विश्व हँसा,

नयनों में दीपक से जलते
पलकों में निर्झरिणी मचली!

मेरा पग पग संगीतभरा,
श्वांसों से स्वप्न-पराग झरा,

नभ के नव रंग बुनते दुकूल,
छाया में मलय-बयार पली!

मैं क्षितिज-भृकुटि पर घिर धूमिल,
चिन्ता का भार बनी अविरल,

रज-कण पर जल-कण हो बरसी
नवजीवन-अंकुर बन निकली!

पथ को न मलिन करता आना,
पद-चिह्न न दे जाता जाना,

सुधि मेरे आगम की जग में
सुख की सिहरन हो अन्त खिली।

विस्तृत नभ का कोई कोना,
मेरा न कभी अपना होना,

परिचय इतना इतिहास यही
उमड़ी कल थी मिट आज चली।

●

आज मेरे नयन के तारक हुए जलजात देखो!

अलस नभ के पलक गीले,
कुन्तलों से पोछ आई;
सघन बादल भी प्रलय के
श्वास से मैं बाँध लाई;

पर न हो निस्पन्दता में चंचला भी स्नात देखो!

मूक प्राणायाम में लय—
हो गई कम्पन अनिल की;
एक अचल समाधि में थक,
सो गईं पलकें सलिल की;

प्रात की छवि ले चली आई नशीली रात देखो!

आज बेसुध रोम रोमों—
में हुई वह चेतना भी;
मूर्च्छिता है एक प्रहरी सी
सजग चिर वेदना भी;

रश्मि से हौले चले जाओ न हो उत्पात देखो!

एक सुधि-सम्बल तुम्हीं से,
प्राण मेरा माँग लाया;
तोल करती रात जिसका,
मोल करता प्रात आया;

दे बहा इसको न करुणा की कहीं बरसात देखो!

एकरस तम से भरा है,
एक मेरा शून्य आँगन;
एक ही निष्कम्प दीपक—
से दुकेला ही रहा मन;

आज निज पदचाप की भेजो न झंझावात देखो!

प्राण रमा पतझार सजनि अब नयन बसी बरसात री!

वह प्रिय दूर पन्थ अनदेखा,
श्वास मिटाते स्मृति की रेखा,

पथ बिन अन्त, पथिक छायामय,
साथ कुहकिनी रात री!

संकेतों में पल्लव बोले,
मृदु कलियों ने आँसू तोले,

असमंजस में डूब गया,
आया हँसता जो प्रात री!

नभ पर दुख की छाया नीली,
तारों की पलकें हैं गीली,

रोते मुझ पर मेघ,
आह रूँधे फिरता है वात री!

लघु पल युग का भार सँभाले,
अब इतिहास बने हैं छाले,

स्पन्दन शब्द व्यथा की पाती,
दूत नयन-जलजात री!

●

झिलमिलाती रात मेरी!

साँझ के अन्तिम सुनहले
हास सी चुपचाप आकर,
मूक चितवन की विभा—
तेरी अचानक छू गई भर;

बन गई दीपावली तब आँसुओं की पाँत मेरी!

अश्रु घन के बन रहे स्मित
सुप्त वसुधा के अधर पर,
कंज में साकार होते
बीथियों के स्वप्न सुन्दर;

मुस्करा दी दामिनी में साँवली बरसात मेरी!

क्यों इसे अम्बर न निज
सूने हृदय में आज भर ले?
क्यों न यह जड़ में पुलक का,
प्राण का संचार कर ले?

है तुम्हारी श्वास के मधु-भार-मन्थर वात मेरी!

●

दीप तेरा दामिनी!
चपल चितवन-ताल पर बुझ-बुझ जला री मानिनी!

गन्धवाही गहन कुन्तल,
तूल से मृदु धूम-श्यामल,
घुल रही इनमें अमा ले आज पावस-यामिनी!

इन्द्रधनुषी चीर हिल-हिल,
छाँह सा मिल धूप सा खिल,
पुलक से भर-भर चला नभ की समाधि विरागिनी!

कर गई जब दृष्टि उन्मन,
तरल सोने में घुले कण,
छू गई क्षण भर धरा-नभ सजल दीपक-रागिनी!

तोलते कुरबक सलिल-धन,
कण्टकित है सीप का तन
उड़ चली बक-पाँत तेरी चरण-ध्वनि-अनुसारिणी!

कर न तू मंजीर का स्वन,
अलस पग धर सँभल गिन-गिन,
है अभी झपकी सजनि सुधि विकल क्रन्दनकारिणी!

●

फिर विकल हैं प्राण मेरे!

तोड़ दो यह क्षितिज मैं भी देख लूँ उस ओर क्या है?
जा रहे जिस पंथ से युग कल्प उसका छोर क्या है?
क्यों मुझे प्राचीर बन कर
आज मेरे श्वास घेरे?

सिन्धु की नि:सीमता पर लघु लहर का लास कैसा?
दीप लघु शिर पर धरे आलोक का आकाश कैसा!
दे रही मेरी चिरन्तनता
क्षणों के साथ फेरे!

बिम्बग्राहकता कणों को शलभ को चिर साधना दी,
पुलक से नभ भर धरा को कल्पनामय वेदना दी;
मत कहो हे विश्व! 'झूठे
हैं अतुल वरदान तेरे'!

नभ डुबा पाया न अपनी बाढ़ में भी छुद्र तारे,
ढूँढ़ने करुणा मृदुल घन चीर कर तूफान हारे;
अन्त के तम में बुझे क्यों
आदि के अरमान मेरे!

●

मेरी है पहेली बात!

रात के झीने सितांचल-
से बिखर मोती बने जल,
स्वप्न पलकों में विचर झर
प्रात होते अश्रु केवल!
सजनि मैं उतनी करुण हूँ, करुण जितनी रात!

मुस्करा कर राग मधुमय
वह लुटाता पी तिमिर-विष,
आँसुओं का क्षार पी मैं
बाँटती नित स्नेह का रस!
सुभग मैं उतनी मधुर हूँ, मधुर जितना प्रात!

ताप-जर्जर विश्व-उर पर—
तूल से घन छा गये भर,
दुःख से तप हो मृदुलतर
उमड़ता करुणाभरा उर!
सजनि मैं उतनी सजल जितनी सजल बरसात!

●

चिर सजग आँखें उनींदी आज कैसा व्यस्त बाना!
जाग तुझको दूर जाना!

अचल हिमगिरि के हृदय में आज चाहे कम्प हो ले,
या प्रलय के आँसुओं में मौन अलसित व्योम रो ले:

आज पी आलोक को डोले तिमिर की घोर छाया,
जाग या विद्युत्-शिखाओं में निठुर तूफान बोले!

पर तुझे है नाश-पथ पर चिह्न अपने छोड़ आना!
जाग तुझको दूर जाना!

बाँध लेंगे क्या तुझे यह मोम के बन्धन सजीले?
पन्थ की बाधा बनेंगे तितलियों के पर रँगीले?

विश्व का क्रन्दन भुला देगी मधुप की मधुर गुनगुन,
क्या डुबा देंगे तुझे यह फूल के दल ओस-गीले?

तू न अपनी छाँह को अपने लिए कारा बनाना!
जाग तुझको दूर जाना!

वज्र का उर एक छोटे अश्रुकण में धो गलाया,
दे किसे जीवन-सुधा दो घूँट मदिरा माँग लाया?

सो गई आँधी मलय की वात का उपधान ले क्या?
विश्व का अभिशाप क्या नींद बनकर पास आया?

अमरता-सुत चाहता क्यों मृत्यु को उर में बसाना?
जाग तुझको दूर जाना!

कह न ठंढी साँस में अब भूल वह जलती कहानी,
आग हो उर में तभी दृग में सजेगा आज पानी;

हार भी तेरी बनेगी मानिनी जय की पताका,
राख क्षणिक् पतंग की है अमर दीपक की निशानी!

है तुझे अंगार-शय्या पर मृदुल कलियाँ बिछाना!
जाग तुझको दूर जाना!

●

कीर का प्रिय आज पिंजर खोल दो!

हो उठी है चंचु छूकर,
तीलियाँ भी वेणु सस्वर;
बन्दिनी स्पन्दित व्यथा ले,
सिहरता जड़ मौन पिंजर!

आज जड़ता में इसी की बोल दो!

जग पड़ा छू अश्रु-धारा;
हत परों का विभव सारा
अब अलस बन्दी युगों का—
ले उड़ेगा शिथिल कारा!

पंख पर वे सजल सपने तोल दो!

क्या तिमिर कैसी निशा है!
आज विदिशा ही दिशा है;
दूर-खग आ निकटता के
अमर बन्धन में बसा है!

प्रलय घन में आज राका घोल दो!

चपल पारद सा विकल तन,
सजल नीरद सा भरा मन,
नाप नीलाकाश ले जो—
बेड़ियों का माप यह बन,

एक किरण अनन्त दिन की मोल दो!

●

प्रिय चिरन्तन है सजनि
क्षण-क्षण नवीन सुहागिनी मैं!

श्वास में मुझको छिपा कर वह असीम विशाल चिर घन,
शून्य में जब छा गया उसकी सजीली साध सा बन,

छिप कहाँ उसमें सकी
बुझ-बुझ जली चल दामिनी मैं!

छाँह को उसकी सजनि नव आवरण अपना बनाकर,
धूलि में निज अश्रु बोने में पहर सूने बिताकर,

प्रात में हँस छिप गई
ले छलकते दृग यामिनी मैं!

मिल-मन्दिर में उठा दूँ जो सुमुख से सजल 'गुण्ठन'
मैं मिटूँ प्रिय में मिटा ज्यों तप्त सिकता में सलिल-कण

सजनि मधुर निजत्व दे
कैसे मिलूँ अभिमानिनी मैं!

दीप सी युग-युग जलूँ पर वह सुभग इतना बता दे,
फूँक से उसकी बुझूँ तब क्षार ही मेरा पता दे!

वह रहे आराध्य चिन्मय
मृण्मयी अनुरागिनी मैं!

सजल सीमित पुतलियाँ पर चित्र अमिट असीम का वह
चाह एक अनन्त बसती प्राण किन्तु ससीम सा यह;
रजकणों में खेलती किस
विरज विधु की चाँदनी मैं?

●

ओ अरुण वसना!

तारकित नभ-सेज से वे
रश्मि-अप्सरियाँ जगातीं;

अगरु-गन्ध बयार ला-ला
विकच अलकों को बसातीं!

रात के मोती हुए पानी हँसी तू मुकुल-दशना!

छू मृदुल जावक-रचे पद
हो गये सित मेघ पाटल;

विश्व की रोमावली
आलोक-अंकुर सी उठी जल!
बाँधने प्रतिध्वनि बढ़ीं लहरें बजी जब मधुप-रशना!

बन्धनों का रूप तम ने
रात भर रो-रो मिटाया;

देखना तेरा क्षणिक फिर
अमिट सीमा बाँध आया!
दृष्टि का निक्षेप है बस रूप-रङ्गों का बरसना!

है युगों की साधना से
प्राण का क्रन्दन सुलाया;

आज लघु जीवन किसी
निःसीम प्रियतम में समाया!
राग छलकाती हुई तू आज इस पथ में न हँसना!

●

देव अब वरदान कैसा!

बेध दो मेरा हृदय भाला बनूँ प्रतिकूल क्या है!
मैं तुम्हें पहचान लूँ इस कूल तो उस कूल क्या है!

छीन सब मीठे क्षणों को,
इन अथक अन्वेषणों को,

आज लघुता से मुझे
दोगे निठुर प्रतिदान कैसा!

जन्म से यह साथ है मैंने इन्हीं का प्यार जाना;
स्वजन ही समझा दृगों के अश्रु को पानी न माना;

इन्द्रधनु से नित सजी सी,
विद्यु-हीरक से जड़ी सी,

मैं भरी बदली रहूँ
चिर मुक्ति का सम्मान कैसा!

युगयुगान्तर की पथिक मैं छू कभी लूँ छाँह तेरी,
ले फिरूँ सुधि दीप सी, फिर राह में अपनी अँधेरी;

लौटता लघु पल न देखा,
नित नये क्षण-रूप-रेखा,

चिर बटोही मैं, मुझे
चिर पंगुता का दान कैसा!

●

तन्द्रिल निशीथ में ले आये
गायक तुम अपनी अमर बीन!
प्राणों में भरने स्वर नवीन!

तममय तुषारमय कोने में
छेड़ा जब दीपक राग एक,

प्राणों-प्राणों के मन्दिर में
जल उठे बुझे दीपक अनेक!

तेरे गीतों के पंखों पर
उड़ चले विश्व के स्वप्न दीन!

तट पर हो स्वर्ण-तरी तेरी
लहरों में प्रियतम की पुकार,

फिर कवि हमको क्या दूर देश
कैसा तट क्या मँझधार पार?

दिव से लावे फिर विश्व जाग
चिर जीवन का वरदान छीन!

गाया तुमने 'है मृत्यु मूक
जीवन सुख-दुखमय मधुर गान',

सुन तारों के वातायन से
झाँके शत-शत अलसित विहान

लाई-भर अंचल में बतास
प्रतिध्वनि का कण-कण बीन-बीन।

दमकी दिगन्त के अधरों पर
स्मित की रेखा सी क्षितिज-कोर,

आ गये एक-क्षण में समीप
आलोक-तिमिर के दूर छोर!

घुल गया अश्रु अरुण में हास
हो गई हार में जय विलीन!

●

यह सन्ध्या फूली सजीली!

आज बुलाती है विहगों को नीड़ें बिन बोले;
रजनी ने नीलम-मन्दिर के वातायन खोले;

एक सुनहली-उर्म्मि क्षितिज से टकराई बिखरी,
तम ने बढ़कर बीन लिये, वे लघु कण बिन तोले!

अनिल ने मधु-मदिरा पी ली!

मुरझाया वह कंज बना जो मोती का दोना;
पाया जिसने प्रात उसी को है अब कुछ खोना;

आज सुनहली रेणु मली सस्मित गोधूली ने,
रजनीगन्धा आँज रही है नयनों में सोना!

हुई विद्रुम वेला नीली!

मेरी चितवन खींच गगन के कितने रंग लाई!
शतरंगों के इन्द्रधनुष सी स्मृति उर में छाई;

राग-विरागों के दोनों तट मेरे प्राणों में,
श्वासें छूतीं एक, अपर निश्वासें छू आईं!

अधर सस्मित पलकें गीली!

भाती तम की मुक्ति नहीं प्रिय रागों का बन्धन;
उड़-उड़ कर फिर लौट रहे हैं लघु उर में स्पन्दन;

क्या जीने का मर्म यहाँ मिट मिट सबने जाना?
तर जाने को मृत्यु कहा क्यों बहने को जीवन?

सृष्टि मिटने पर गर्वीली!

●

जाग जाग सुकेशिनी री!

अनिल ने आ मृदुल हौले,
शिथिल वेणी-बन्ध खोले,

पर न तेरे पलक डोले,

बिखरती अलकें झरे जाते
सुमन परवेषिनी री!

छाँह में अस्तित्व खोये,
अश्रु से सब रंग धोये,

मन्दप्रभ दीपक सँजोये,

पन्थ जिसका देखती तू अलस
स्वप्न-निमेषिनी री!

रजत-तारों से घटा बुन,
गगन के चिर दाग गिन-गिन,

श्रान्त जग के श्वास चुन-चुन,

सो गई क्या नींद का अज्ञात—
पथ-निर्देशिनी री?

दिवस की पद-चाप चंचल,
भ्रान्ति में सुधि सी मधुर चल,

आ रही है निकट प्रतिपल,

निमिष में होगा अरुण जग
ओ विराग-निवेशिनी री!

रूप-रेखा-उलझनों में,
कठिन सीमा-बन्धनों में,

जग बँधा निष्ठुर क्षणों में;

अश्रुमय कोमल कहाँ तू
आ गई परदेशिनी री!

●

तब क्षण-क्षण मधु-प्याले होंगे!
जब दूर देश उड़ जाने को
दृग-खंजन मतवाले होंगे!

दे आँसू-जल स्मृति के लघु कण,
मैंने उर-पिंजर में उन्मन,
अपना आकुल मन बहलाने

सुख-दुख के खग पाले होंगे!
जब मेरे शूलों पर शत-शत,
मधु के युग होंगे अवलम्बित,

मेरे क्रन्दन से आतप के—
दिन सावन हरियाले होंगे!

यदि मेरे उड़ते श्वास विकल,
उस तट को छू आवें केवल,

मुझ में पावस रजनी होगी
वे विद्युत उजियाले होंगे!

जब मेरे लघु उर में अम्बर,
नयनों में उतरेगा सागर,

तब मेरी कारा में झिलमिल
दीपक मेरे छाले होंगे!

●

आज सुनहली वेला!

आज क्षितिज पर जाँच रहा है तूली कौन चितेरा?
मोती का जल सोने की रज विद्रुम का रँग फेरा!

क्या फिर क्षण में,
सान्ध्य गगन में,
फैल मिटा देगा इसको
रजनी का श्वास अकेला?

लघु कंठों के कलरव से ध्वनिमय अनन्त अम्बर है,
पल्लव बुद्बुद् और गले सोने का जग सागर है;
शून्य अंक भर—
रहा सुरभि-उर;
क्या सूना तम भर न सकेगा
यह रागों का मेला!

विद्रुमपंखी मेघ इन्हें भी क्या जीना क्षण भर ही,
गोधूली-तम का परिणय है तम की एक लहर ही,

क्यों पथ में मिल,
युग-युग प्रतिपल,
सुख ने दुःख, दुःख ने सुख के—
वर अभिशापों को झेला?

कितने भावों ने रँग डालीं सूनी साँसें मेरी,
स्मित में नव प्रभात चितवन में सन्ध्या देती फेरी,
उर जलकणमय,
सुधि रंगोंमय,
देखूँ तो तम बन आता है
किस क्षण वह अलबेला!

●

नव घन आज बनो पलकों में!
पाहुन अब उतरो पलकों में!

तम-सागर में अंगारे सा;
दिन बुझता टूटे तारे सा,

फूटो शत-शत विद्यु-शिखा से
मेरी इन सजला पुलकों में!

प्रतिमा के दृग सा नभ नीरस,
सिकता-पुलिनों सी सूनी दिश;

भर-भर मन्थर सिहरन कम्पन
पावस से उमड़ो अलकों में!

जीवन की लतिका दुःख-पतझर,
गये स्वप्न के पीत पात झर,

मधुदिन का तुम चित्र बनो अब
सूने क्षण-क्षण के फलकों में!

●

क्या जलने की रीति शलभ समझा दीपक जाना?

घेरे है बन्दी दीपक को
ज्वाला की वेला,
दीन शलभ भी दीप-शिखा से
सिर धुन-धुन खेला!

इसके क्षण सन्ताप भोर उसको भी बुझ जाना!

इसको झुलसे पंख, धूम की
उसके रेख रही,
इसमें वह उन्माद न उसमें
ज्वाला शेष रही!

जग उसको चिर तृप्ति कहे या समझे पछताना?

प्रिय मेरा चिर दीप जिसे छू
जल उठता जीवन,
दीपक का आलोक शलभ
का भी इसमें क्रन्दन!

युग-युग जल निष्कम्प इसे जलने का वर पाना!

धूम कहाँ विद्युत्-लहरों से
है निश्वास भरा,
झंझा की कम्पन देती
चिर जागृति का पहरा!

जाना उज्ज्वल प्रात न यह काली निशि पहचाना!

●

सपनों की रज आँज गया नयनों में प्रिय का हास!
अपरिचित का पहचाना हास!

पहनो सारे शूल! मृदुल
हँसती कलियों के ताज;

निशि! आ आँसू पोंछ
अरुण सन्ध्या-अंशुक में आज;

इन्द्रधनुष करने आया तम के श्वासों में वास।

सुख की परिधि सुनहली घेरे
दुख को चारों ओर,

भेंट रहा मृदु स्वप्नों से
जीवन का सत्य कठोर!

चातक के प्यासे स्वर में सौ-सौ मधु रचते रास!

मेरा प्रतिपल छू जाता है
कोई कालातीत;

स्पन्दन के तारों पर गाती
एक अमरता गीत?

भिक्षुक सा रहने आया दृग-तारक में आकाश!

●

क्यों मुझे प्रिय हों न बन्धन!

बन गया तम-सिन्धु का, आलोक सतरंगी पुलिन सा;
रजभरे जगबाल से है, अंक विद्युत् का मलिन सा;

स्मृति पटल पर कर रहा अब
वह स्वयं निज रूप-अंकन!

चाँदनी मेरी अमा का भेंटकर अभिषेक करती;
मृत्यु-जीवन के पुलिन दो आज जागृति एक करती;

हो गया अब दूत प्रिय का
प्राण का सन्देश-स्पन्दन!

सजनि मैंने स्वर्णपिंजर में प्रलय का वात पाला;
आज पुंजीभूत तम को कर, बना डाला उजाला;

तूल से उर में समा कर
हो रही नित ज्वाल चन्दन!

आज विस्मृति-पन्थ में निधि से मिले पदचिह्न उनके;
वेदना लौटा रही है विफल खोये स्वप्न गिनके;

घुल हुई इन लोचनों में
चिर प्रतीक्षा पूत अंजन!

आज मेरा खोज-खग गाता चला लेने बसेरा,
कह रहा सुख अश्रु से 'तू है चिरंतन प्यार मेरा';

बन गए बीते युगों को
विकल मेरे श्वास स्पन्दन!

बीन-बन्दी तार की झंकार है आकाशचारी;
धूलि के इस मलिन दीपक से बँधा है तिमिरहारी;

बाँधती निर्बन्ध को मैं
बन्दिनी निज बेड़ियाँ गिन!

नित सुनहली साँझ के पद से लिपट आता अँधेरा;
पुलक-पंखी विरह पर उड़ आ रहा है मिलन मेरा;

कौन जाने है बसा उस पार
तम या रागमय दिन!

●

हे चिर महान्!

यह स्वर्णरश्मि छू श्वेतभाल,
बरसा जाती रंगीन हास;

सेली बनता है इन्द्रधनुष,
परिमल मल-मल जाता बतास!

पर रागहीन तू हिमनिधान!

नभ में गर्वित झुकता न शीश,
पर अंक लिये है दीन क्षार;

मन गल जाता नत विश्व देख,
तन सह लेता है कुलिश-भार!

कितने मृदु कितने कठिन प्राण!

टूटी है कब तेरी समाधि,
झंझा लौटे शत हार-हार;

बह चला दृगों से किन्तु नीर;
सुनकर जलते कण की पुकार!

सुख से विरक्त दुख में समान!

मेरे जीवन का आज मूक,
तेरी छाया से हो मिलाप;

तन तेरी साधकता छू ले,
मन ले करुणा की थाह नाप!

उर में पावस दृग में विहान!

●

सखि मैं हूँ अमर सुहाग भरी!
प्रिय के अनन्त अनुराग भरी!

किसको त्यागूँ किसको माँगूँ,
है एक मुझे मधुमय विषमय;

मेरे पद छूते ही होते,
काँटे कलियाँ प्रस्तर रसमय!

पालूँ जग का अभिशाप कहाँ
प्रतिरोमों में पुलकें लहरीं।

जिसको पथ-शूलों का भय हो,
वह खोजे नित निर्जन, गह्वर;

प्रिय के संदेशों के वाहक,
मैं सुख-दुःख भेंटूँगी भुजभर;
मेरी लघु पलकों से छलकी
इस कण-कण में ममता बिखरी!

अरुणा ने यह सीमन्त भरी,
सन्ध्या ने दी पद में लाली;
मेरे अंगों का आलेपन
करती राका रच दीवाली!

जग के दागों को धो-धो कर
होती मेरी छाया गहरी!

पद के निक्षेपों से रज में—
नभ का वह छायापथ उतरा;
श्वासों से घिर आती बदली
चितवन करती पतझार हरा!
जब मैं मरु में भरने लाती
दुख से, रीती जीवन-गगरी!

●

कोकिल गा न ऐसा राग!
मधु की चिर प्रिया यह राग!

उठता मचल सिन्धु-अतीत,
लेकर सुप्त सुधि का ज्वार,
मेरे रोम में सुकुमार

उठते विश्व के दुख जाग!

झूमा एक ओर रसाल,

काँपा एक ओर बबूल,
फूटा बन अनल के फूल

किंशुक का नया अनुराग!

दिन हूँ अलस मधु से स्नात,
रातें शिथिल दुख के भार,
जीवन ने किया शृंगार
लेकर सलिल-कण औ' आग!
यह स्वर-साधना ले वात,
बनती मधुरकटु प्रतिवार,
समझा फूल मधु का प्यार
जाना शूल करुण विहाग!

जिसमें रमी चातक-प्यास,
उस नभ में बसें क्यों गान
इसमें है मदिर वरदान
उसमें साधनामय त्याग!
जो तू देख ले दृग आर्द्र,
जग के नमित जर्जर प्राण,
गिन ले अधर सूखे म्लान,
तुझको भार हो मधु-राग!

●

तिमिर में वे पदचिह्न मिले!

युग-युग का पन्थी आकुल मन,
बाँध रहा पथ के रजकण चुन;
श्वासों में रूँधे दुख के पल
बन-बन दीप

अलसित तन में, विद्युत-सी भर,
वर बनते मेरे श्रम-सीकर;
एक-एक आँसू में शत-शत
शतदल-स्वप्न खिले!

सजनि प्रिय के पदचिह्न मि

●